U0728894

用文字照亮每个人的精神夜空

领读文化传媒
LINGDU Culture & Media

微信 | 微博 | 豆瓣　领读文化

赵珩 著

留作他年
记事珠

天津出版传媒集团
天津人民出版社

前 言

　　《留作他年记事珠》是近年散见于报刊、杂志文章与采访、讲座录音的结集。此次承领读文化和天津人民出版社的厚爱，将这些小文分别整理归类，于是才有了这本小书。也与此前的《一弯新月又如钩》形成了对应的姊妹篇。

　　由于多年从事编辑出版工作，又爱好庞杂广泛，不具备什么专门学，因此这些泛泛的知见也仅能是浅显的记录而已，谈不上有什么学术见地，不过是些生活经历的记录而已。无论是怀人、记事，或是些文化艺术类的往事，也都不过是些粗浅的知见。对于某些文化方面的观点，也无非是些个人的管见，不一定具有参考价值。

　　其中也有一两篇未曾发表过的小文，例如为《秋水轩尺读》写的弁言等。其他如关于古代体育和游戏等几篇，其中大部分也未曾发表过。

　　也因部分文章是据录音整理，口语化较多，因此文字风格迥异，也希读者谅察。

时代的变迁和文化的发展，许多旧事大抵已成过往云烟，因此这本小书起名为《留作他年记事珠》，也因内容杂芜，大抵归类为"文化""故人""北京""百戏"四个类别，并不一定十分准确，也请读者原谅。

在此，也感谢刘涛先生为本书题签，感谢编辑为本书的整理归类所付出的辛勤劳动。

赵珩　2023年深秋于彀外书屋

文化

百戏

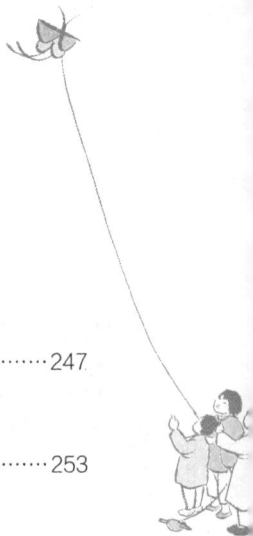

文化

百年社会生活变迁与掌故学

第一次到上海图书馆作讲座，感到很荣幸。这次能和大家交流，主要是因为最近我出了一本小书《故人故事》。故人故事，也就是旧人旧事的意思，由于内容涵盖近百年，因此也就牵扯到百年生活的变迁和掌故学的问题。这本小书这次在上海首发，说它是文化随笔也可以，说它是关乎社会生活的笔记也可以，但是从归类上来说，有一部分是属于掌故学的。内容相对比较杂，什么都有，也谈到了旧时的居住、服装、饭店，以及生活的细节场景等。

掌故是以笔记为载体的，笔记在中国文学体裁中，是非常特殊的形式，用我们今天的话来说，就是一种随笔。笔记可以分为三大类，一类是史料笔记，也有人称作野史，是个人对某些历史片段的记录。还有读书笔记，指在读书过程中，每有心得，或者在多种书的校勘中，随笔记下来的内容。像著名的清代学者李慈铭，他的《越缦堂读书记》就属此类。再有一类，是社会生活笔记，这一类笔记相对比较多，而且最贴近生活。

我们的正史主要记载一些国家大事，像朝代的更替、政治制度的改革、战争的攻城略地，等等。至于生活琐事、社会生活的场景、市井的变化，古人并不是很重视，所以正史不会记载这样的内容。皇家的祭祀、灾异、艺文是会有的，但是一般老百姓的社会生活，城市变化，史料是不多的，有些完全依靠笔记的记载。比如说我们想要了解北宋的城市生活，今天比较直观的是去看《清明上河图》，可以了解非常多的东西，当然这是绘画的材料。如果你要研究北宋汴梁，也就是今天的开封，那么最有价值的文字资料就是宋代孟元老所著的笔记《东京梦华录》，从市肆商旅、娱乐活动，到其他方面，非常真实地记载了社会生活的许多内容。到了南宋，社会生活笔记更多了，像周密的《武林旧事》、吴自牧的《梦粱录》，还有像《西湖老人繁胜录》等。在宋代以后，社会生活与城市经济的繁荣程度关系很大，由于承载社会生活的主体是城市，政治背景决定了社会背景，这就牵涉了历史发展的大问题。

谈到城市，世界范围内基本上可以分为两大类。一类是属于规划性的城市，比如说北京，有中轴线等，国外虽然没有这种理念，但也有很多规划性城市，例如罗马、巴黎。第二类是弥漫性扩张发展的城市，比如说英国伦敦，我们的上海。这类名城原来都是从渔村、教堂、集市发展起来的，从一个点开始，越扩越大，没有太多的规划性。上海在清末开埠以来就开始有租界。和租界有关的，我们知道现在平行的几条路，例如北京路、南京路、延安路、淮海路，都是面向黄浦江的，这是因为当时在上海的列强要求划定租界，于是道路就都开向江边，因此上海基本上形成开放型的城市格局。2003年我在上海，和复旦大学的朱维铮教授对谈上海文化和北京文化的比较。一直有人说上海是一个移民城市，朱先生更加激烈，他说上海不是移民城市，而是一座流民城市，从太平天国开始，从浙江杭州北上的，从苏北南下的，从安徽东进的难民，都集中到了上海，这就决定了它的城市文化特点。因此，城市文化是和大的政治环境与背景密不可分的。

一百年对于一个人来说，比生命还长，但是对于历史来说，只是短暂的一瞬。我们生活的这一百年的历史与社会变化，更超过了过去的两百年、五百年，甚至一千年，这是变化最疾速的一百年。1911年辛亥革命开始，到1919年民国八年的北京政府时期，当时南北和谈，首都定在北京，袁世凯是临时大总统。虽然由皇权帝制变成了共和制度，但是单论政治人物，很多主要的政治成员，基本上还是从清代过渡到民国时期。辛亥革命以后，各省的督抚不少都是原来清代的巡抚，实质的人员组成变化不大。第二个阶段是从1919年到1928年，军阀混战时期，直皖战争，直奉战争，虽然造成了社会的动荡和人们生活的不安定，但是军阀混战的影响面、波及面并不是非常大，不像全面抗战时期，也不像解放战争时期。那时的形势是，这边直系打皖系，那边各方军阀的姨太太们还在桌上打牌呢！谁打败了，通电下野就完事，没有那么大的杀伤力。这样的军阀战争，政治制度上的变化也不大，袁世凯以后，黎元洪、冯国璋、徐世昌，总统换得不多，但是总理走马灯一样地换，一两个月、半年，甚至时间更短。

1919年新文化运动以后，国民意识有了很大的变化。我们怎么去认识五四运动？应该说是从思想文化上产生很大影响的新思潮。但对普通人的生活影响如何？就值得思考了。比如我谈书札的时候讲过，我们今天可以看到那个时代很多具有不同特色的书札，例如李大钊致胡适、胡适致徐志摩的信，用的完全是白话文。李大钊对胡适，信的开头就是"适之"，然后直截了当就是正文。落款是"守常"两字，免去了旧时的繁文缛节。徐志摩要到北京了，给胡适写信，开头也是"适之"，讲明明天几点到哪儿，都用大白话，非常简单。但是很多人，一般民众，或者旧时代的遗老，还是用旧的行文格式。旧式体裁在绝大多数的民众中，至少延续到20世纪40年代。给父母写信，还是"父母大人膝下""父母大人尊前敬禀者"等，旧戏也依然是生活、娱乐的主流。因此对于这个问题，我们可以对比一下，新文化运动对于文化人，影响的确很大很迅速，但对普通民众就不一定了。

1928年国民革命成功，随后，张学良东北易帜。1928年6月21日，国民政府宣布南京为国家首都，北京被称为北平特别市，上海被称为上海特别市。因此1928年6月21日以后，北平、上海两个特别市，可能不再是政治中心，但依然是文化与经济的中心。1928年到1937年，有的人称这段时间为"黄金十年"，我觉得不免夸大了，我们现在也不赞成这种说法，但是客观上承认这十年还是比较安定的，物价相对比较平稳。1928年以后，以国家法定货币代替了银圆，原则上一块钱法币等于一块钱银圆。随着时代的变化，特别是到了抗日战争前夕，一块钱法币远远不值一块钱银圆了。银圆虽然不允许民间流通，但是仍然是屡禁不绝，二者的兑换不是等值的。这十年，北平和上海的文化特点充分反映出来。上海属于新的、接受外来文化的地方，北平则属于传统文化的中心，尤其是展示中国传统文化的窗口，因此泰戈尔等人到中国来，都要到北平去。关于北京和北平的称谓，有的人说，1928年到1937年称之为北平，1937年改名为北京，这个是完全错误的。因为1937年把北平改为北京，是伪华北政务委员会改的，是我们不予承认的，如果将沦陷时期的北平称为北京，政治立场是错误的。所以北平的称谓，应该是从1928年到1949年。1928年到1937年相对平稳，尤其是教育，北平和上海都比较发达。

1937年以后就变天了。从1931年九一八事变以后，日本人进入东北觊觎关内，到了1937年，就开始大肆入侵了，入侵北平是从1937年七七事变开始，入侵上海是从1937年的"八一三"淞沪会战，日本人轰炸闸北开始。从1937年到1945年，是大部分国土的沦陷时期。北平比较简单，就是1937年到

1945年都是沦陷期。但是上海不同，在沦陷期应该分为两个阶段，1937年"八一三"之后到1941年11月之前，应该算是孤岛时期。这个时期，日本人占领了上海其他地区，但是不敢进租界。1941年太平洋战争爆发，珍珠港事变之后，日美宣战，因此，日军把英美人也都关到集中营或是驱逐，情况就不一样了。1941年11月到1945年抗战胜利，应该属于全上海的沦陷时期。1945年以后还有解放战争，到了1949年，才发生了翻天覆地的变化。

1949年，中华人民共和国成立，1966年到1976年是"文革"十年，1976年到1979年是我们拨乱反正的十年。1979年到今天，是我们持续不断改革开放的时期，因此，我们的城市发展也非常快。从1979年以后，大批外来人口到了大城市，社会生活也发生了极大的改变。首先是人口，我不太了解上海，就说北京现在城市里到底有多少老北京人？今天我们在座的"老上海"又有多少？其次社会大背景的改变，也使得社会生活发生了极大的变化，从生活方式到思想理念都是如此。在这段时间内，作为笔记类的记载社会生活的东西，相对是比较少的。1949年以后，我们主张新的思想文化，认为写旧时代的东西是颓废、怀旧、不健康的，从1949年到1979年的三十年时间，文字记载的笔记非常少见，记载社会生活的笔记，史料笔记即使有一些，也都有很多忌讳之处。

掌故的社会基础来源于社会形态，也来源于意识形态的变迁。"有一代人的心史，就有一代人的掌故。"

下面我们重点讲讲什么是掌故，什么是掌故学。掌故，最早是汉代官名，是执掌旧例、旧制的机构，追寻古礼，而不太清楚古礼的情况，于是就设立了一个机构，叫掌故，专为熟悉旧时的典礼、制度，尤其是礼乐的仪式，比如说祭天的礼仪如何？都可以到掌故那里去查询。发展到后来，掌故就不是这个含义了，而是关于历史、人物、典章制度的逸闻轶事。至于典故学，就是研究掌故的题材、种类、特色、价值的学问，也包括了掌故本身。例如我们今天请某位老先生来讲清代掌故、民国掌故，就是清代与民国的旧人旧事，也包括社会、生活上的逸闻轶事。掌故一般是有头有尾的事件，听起来很有意思。也有关于人物的，当然不是普通的老百姓，都是大家耳熟能详的政治人物、学术人物、演艺人物，他们本身的轶事，也称之为掌故。有些掌故会有不同的版本，或许原来语言文字的记载比较简单，或者是和别种口碑性的说法不一样，因此也会有较大的差异。

《故人故事》这本小书就是我兴之所至写来的某些旧人旧事，多是我亲身经历或辗转闻听，其实谈不上是掌故，与真正的掌故还有很大的差距。

有人说，我没有听说过掌故，但是听说过典故，这就涉及了掌故与典故的区别。典故是约定俗成的，有规范意义的、具体的词语的出处，比如说，朝三暮四、刻舟求剑、邯郸学步等，都是先有故事，而后变成了一个典，大家在叙述的时候，以这些典为依照，变成了一些成语，或者特定事件，成为约定俗成的东西。也有从掌故变成了典故的，比如我们常说的"东床快婿"，就来自《世说新语》的一个掌故。东晋太傅郗鉴为选女婿，派了一个使者到当时的士族、丞相王导家里去相亲。我们知道，王谢两家在江南是很了不起的大姓。王导家子侄知道使者是来招亲的，无不矜持，正襟危坐。唯独一位郎君在东墙边的床上坦腹而卧，完全没把相亲当回事。回去后，使者向郗鉴汇报，郗鉴一听就选中了他。这个人就是我们大家都熟悉的文学家、大书法家——王羲之，这个典故就来自《世说新语》。掌故基本上是逸闻轶事，没有经过史料认定，不免带有主观成分和需要商榷的内容，但是一些耳熟能详的掌故，也会逐渐成为典故，这是不完全一样的。掌故无须规范用语，叙述也相对复杂一点，这是掌故和典故的区别。

下面我们谈一下中国历史上著名的掌故类笔记。

首先，掌故类笔记的鼻祖就是《世说新语》，有的人把它看作小说，事实上，它是有依据的。它的作者是南朝刘宋的宗室、临川王刘义庆，他是贵族，见闻多，结交也非常广泛。一部《世说新语》，分为二十八个门类，例如风雅、品德，将前朝或本朝轶事按不同的内容归类。他很熟悉贵族社会，所以《世说新语》是有依据的。刘义庆的记载相对来说比较简单，到了南齐萧梁时刘孝标就为他作了注，什么叫注？这是大有学问

留作他年记事珠

的，注是对原文的注释，不仅仅是词语的解释，还有对某一件事情的延伸，它能够把某些刘义庆没有提到的东西补充进去。刘孝标也是南朝人，只隔了一代，所注内容已经丰富很多了。到了近代，又有学者余嘉锡作笺疏。注是注原文的，笺疏是给注作注释的，余嘉锡引用了大量的史料，使《世说新语》在人物、史实方面有了大量增加。因此在典故类的史书中，《世说新语》完全可以作为重要史料引用。唐宋以后的书很多，魏晋时期留存的书很少，《世说新语》被大量征引，就是因为它有严谨的考据，这是掌故类笔记的始祖。

唐代也留存有很多笔记，像《朝野金载》《大唐新语》《封氏闻见记》《唐摭言》等都是著名的掌故类笔记。

到了宋代，掌故类笔记更多，有一部很有名的叫《齐东野语》，它的作者是南宋著名的词人周密，可能喜欢文学的人比较熟悉。其书记载了大量南宋的典故，内有很多当时的逸闻轶事，内容很杂，包括名人轶事、社会交往等。周密还有一部非常重要的《武林旧事》，和它比肩的就是吴自牧的《梦粱录》，记载了当时临安（今杭州）的景况。记载南宋掌故的还有王明清的《挥麈录》，也是真正严格意义上的野史，是史料上的个人补充。掌故是有人物，有事件发生的始末，虽然叙述相对简单，但还是非常有可读性的。在当时的笔记中，也有些不属于掌故类，但都是社会生活的重要参考，例如《武林旧事》叙述当时临安的市肆街巷风貌，不属掌故，但它也是社会生活的笔记。

再近一点，有明代沈德符的《万历野获编》。《万历野获编》是明代史料性的掌故类笔记，记录了很多明朝初年的事情，例如靖难之变等。这些与正史的叙述可能有所出入，是不同的版本，可以作为旁证和参考。《万历野获编》着眼于作者所处的时代，是从明朝初年到万历末年的事件、人物的记录，是研究明史的重要资料。虽然是掌故，但是它有很强的史料性，是明代笔记中质量最高的。

　　谈到近现代的笔记掌故，不得不提的是黄濬（秋岳）的《花随人圣盫摭忆》。首先要说一说黄秋岳这个人，他和上海有密切的关系。他出生于福建，从小就聪明，才气高。梁启超做财政部部长的时候，他给梁启超做过秘书。1928年，国民政府在南京成立以后，黄秋岳身为简任级秘书。什么叫简任？部长级的官叫特任，司局级的官叫简任，处长级的官叫荐任，他就是司局级的秘书。他的学问很好，结交也很广泛。从1934年开始，他在《中央时事周报》上，一段段地写《花随人圣盫摭忆》，全部用文言文写，写的是他所知的清末民初史料，价值极高，文笔非常好。但很可惜，黄濬为了自己的私利，做了民族的罪人。抗日战争初期，国民政府陈绍宽做海军部部长，向蒋介石呈递了在吴淞口防御日本军舰的布防材料，后来黄濬把这些材料全部出卖给了日本人，以此来换取日方的金钱。他的儿子叫黄晟，父子两个都是汉奸。两个人同时在南京、上海出卖情报，上海、南京两头跑。日本间谍戴了一个呢帽，他也戴了同样的呢帽，都到同一家饭馆吃饭，帽子挂在一个衣架上，情报藏在帽子里，临走时互换呢帽，交换情报。后事情败露，蒋介石震怒，下令处以极刑，父子两个人在南京同时伏法。黄家在福建是了不起的大家族，他们的后人也有很高的成就，黄濬的《花随人圣盦摭忆》可以说是近代掌故笔记中史料价值最高的一部。因此，1943年瞿兑之先生为之刊行。后来，在20世纪70年代，中华书局印成了竖排繁体字本，十六开。可能我们读起《花随人圣盦摭忆》来有些困难，全部是文言，但是其史实交代非常清楚，是价值很高的掌故类笔记。陈寅恪先生认为，《花随人圣盦摭忆》在"近来谈清代掌故诸笔记中，实称上品，未可以人废言"。

还有一部掌故类笔记，目前还没有面世，我为此也做了很多工作，就是郭则沄（啸麓）所编写的《知寒轩谭荟》*。郭则沄原来是中华民国政府的国务院秘书长，也是北京的名士，20世纪30年代沦陷初期，他坚决不就伪职，在北京北海旁边的团城上面成立了一个古物研究所，召集了一些旧时士大夫，每周聚会一次，聊一些掌故，或者交一篇掌故类的笔记，后来郭则沄就编成了《知寒轩谭荟》。因当时历史背景所限，这本书没有刊行，刻了一百部油印版，我有其中一部。郭则沄是1946年去世的，和他一起参加聚会的人，例如吴廷燮、夏仁虎等也都

---

* 《知寒轩谭荟》，2017年4月由北京出版社出版，本文写作时尚未出版。

是当时的北京耆宿，这些旧时的文人聚集起来，做了这么一本讲旧时的典章制度、人物、古建、工商、艺术等方方面面的掌故，一些清代的典章制度由来都说到了，始末缘由记载得十分清楚，所以我觉得《知寒轩谭荟》也有较高的史料价值。现在北京出版社已经在排印，不久就会出版。

1949年以后，没有多少新的掌故类的笔记，我想应该提到的是《春游社琐谈》。这本书是张伯驹编写的，虽不是价值很高，但是很难得。张伯驹是大家熟悉的大收藏家，他把很多藏品捐献给了故宫，和陈毅交往也很多。他后来被保护性地调离北京，到吉林长春当文史馆员，为博物馆鉴定做了很多事情，但也是一个闲差。那个时候反右刚刚结束，张伯驹在吉林待着没事，就找了很多学者和旧时文人，如于省吾、苏州周瘦鹃等，也有很多上海人士，都参加了春游社，有几十位成员，每个人谈一段。为什么说它价值不是很高呢？因为它对一个事情的始末叙述得不是很清楚，有些事情也是道听途说。但是非常难得，因为它成书于20世纪50年代，没有印刷，到了改革开放后，北京出版社才把它刊印了。

其他的很多撰写掌故的作家，无法一一列举，仅随意举几个人。一个是上海的包天笑，后来移居香港。他的掌故有所侧重，包天笑混迹于演艺圈，尤其是民国时代上海的演艺圈，他非常熟悉，所以他的掌故侧重于演艺圈的逸闻轶事，也类似我们今天所说的"八卦"。到了老年，他也出了《钏影楼回忆录》

及其续编，洋洋洒洒几十万字，每件事情的叙述，都是比较长的，不是几十个字就解决的。包天笑活的岁数比较高，九十七岁在香港去世。还有一位是上海人比较熟悉的"补白大王"郑逸梅，也写了很多掌故。我在1987年去拜访他，他的精神、记忆力都很好，爱好也方方面面都有。但是有一个缺憾，就是每则掌故都太短，有的没有什么实际意义。郑逸梅先生交游广博，知道的旧事也非常多，但是有的也存在记忆上的偏差。还有一位是中国台湾的掌故大家高拜石，很有名的一部书是《古春风楼琐记》，大家可以看看，但是不要全部相信，他写的政治生活方面的掌故非常多，包括清代的政坛掌故也有很多，但是不可靠的成分也相当大。所以读高拜石的东西，不能认为是信史。

还有一位是中国台湾的唐鲁孙，喜欢美食的人们都知道。所以有一个误解，认为唐鲁孙是专门写吃的，实际上不然。他是珍妃家的侄孙辈，腹笥甚宽，著作有很多，后来大陆出了其中十三种，里面写饮食的不过两三种，其他很多是写历史的。由于他的社会交游很广，所以一些材料我们不知道是哪儿来的，也有的是耳食之言。例如写我的伯曾祖赵尔巽收服张作霖的事。张作霖当时是绿林，不肯为朝廷所用，他提出来，如果要大帅降服我，那就请赵大帅给我包鸡舌头馅儿的饺子。大家想想，一个饺子馅儿有多大，鸡舌头有多大，要找多少只鸡才能包鸡舌头馅儿的饺子？后来东拼西凑，几百只鸡给他包了十八个鸡舌头馅儿的饺子，张作霖只吃了两个。后来据他说最佩服的人就是赵大帅，觉得从包鸡舌头馅的饺子就可见诚意云云。为此我去查了很多材料，从来没有看到过这样的记录，所以我很怀疑唐鲁孙写东西的出处可能是道听途说。他关于清宫、民国时代的逸闻也很多。还有很多作者，更近一点的是上海的邓云乡先生，他也是熟知掌故的。邓云乡先生是我的长辈，我们也很熟悉。应该公允地说，他写的东西很好看，原因就是里面兑的水很多，他能把一件比较简单的事情东拉西扯，说得很复杂。掌故如果干巴巴的，全部是骨头没有肉，是没法看的。邓先生写的掌故不但有肉，而且还兑了水，读起来有意思。他关于文化类的掌故写得也很多，例如《文化古城旧事》等，但是也有错谬之处。

掌故的内容和范围，以及叙述体裁不拘。我们写书信，有固定的格式，诗词也有格律，但散文应该怎么写没有定例。最好的掌故是亲历亲闻，把"我"放进去，如果没有，也最好是亲闻，如果是第三手、第四手炒的冷饭就差了。所以有人说，掌故是活的学问，也是活的历史，都是和个人生活有关系的。读掌故可以开阔阅读者的视野，提高对文史的兴趣。《史记》你可能读着还有点意思，如果读《资治通鉴》，可能觉得有点枯燥，读不下去。但是读掌故，就会提高对历史的兴趣。啊，原来还有这么回事？那么正史上是怎么说的？你由此会再去查史料。可以这么说，有的人对文史发生兴趣，是由两个方面入门的，一个是从诗词入手，朗朗上口的韵文，最容易接受。另一个就是掌故，先读了掌故，再了解正史上怎么说，由此及彼、由旁及正。掌故好懂，有故事性，便于阅读，带你进入了文史的世界。但是掌故不免带有主观性质，我写一些随笔的时候，尽量想克服主观色彩。人对于周边的事情，不能以自己的好恶审视，还是应当以旁观者公允的态度来看待。但是有些人对一些掌故类的东西，不免带有主观成分、主观意识，这是需要注意的。另外还有一个问题，就是记忆的偏差，例如，我一直认为我第一次来上海拜访许多老先生，是在1986年，我在很多书里面也写的是1986年。最近，有人给我抄录了黄裳先生的一段日记，1987年5月22日，我到他家去拜访他，告诉他李慈铭晚年的日记——《郇学斋日记》是怎么失落了，后来怎么被樊樊山借去不还，后来我社出版了影印线装本，等等。黄裳先生记录得非常详细。那段日记是在他的日记本里面，分明是1987年，我的记忆肯定是偏差了，这是我的错。很多日记，就会证实一些东西，你自己的随笔，可能就会出现一些错误的记忆。我也会有记忆的偏差，我的小书《故人故事》中有个问题，红豆馆主溥侗死在上海是哪一年，是1950年，还是1952年？我这本书写的是1952年，现在声明一下，我错了，应该是1950年。后来从历史背景想想，也应该是1950年。有件事可以印证，就是溥侗死了以后，梅兰芳住在马斯南路，赶过来吊唁，那天下着暴雨。中国人的规矩是人死了棺材钉了钉子，不能够再打开，为了梅兰芳和溥侗的交谊和感情，竟然破例重启棺盖，梅兰芳抚棺痛哭。那么到底时间是1950年还是1952年呢？我考虑了一下，先不说其他旁证，就以社会背景而论，也应该是1950年。因为1952年梅兰芳已经当了中国戏曲研究院院长、中国京剧院院长，用我们今天的话来说，政治觉悟提高了，立场鲜明了，溥侗却是有一些政治污点的人。他是旧贵族，后来曾经在汪伪政府挂了虚职，梅兰芳不大可能在1952年再有那样的举动。但在溥侗死的1950年政治气氛还没有那么鲜明，梅兰芳的政治立场也还没有那么分明。反复印证，1950年是对的。想来谁都不免有一些记忆上的偏差，一般而言，掌故不可以作为史料引用，只可以作旁证。

接下来，我要谈谈民国时期掌故学的勃兴。民国时期对于掌故学非常重视，民国以后，中国的政体和国体发生了很大变化，中国实际意义上的封建社会，其实早在两千多年以前已经结束，取而代之的是皇权制度社会。随着辛亥革命的发生，两千多年的皇权社会也彻底终结，开始了共和时代。因此，政治体制和国家体制的变革，使得文化人更加留意前代的见闻，这是民国以后掌故学勃兴的原因。有人认为掌故学不过是野史，其实不然。掌故学是中国学的一门学问。梁启超在1898年制定高等教育学科的时候，曾将人文科学分为两大类，即普通学和专门学，比如说文字学、古典文学、历史学等，都是必读的普通学。中国历史是普通学。此外像敦煌学、音韵学等，那就是专门学了。掌故学是普通学中的一门，而且是必修课，学人文

留作他年记事珠

科学不修掌故学，没法毕业，所以民国掌故学是很勃兴的。民国时期关于掌故学，一些学者不但有自己的理论，还有著作，最著名的就是瞿兑之（宣颖）先生，瞿兑之的学问非常好。在民国初年，国学大师级的人物，是王国维先生和梁启超先生，再晚进的，可以说学问最好的一位是陈寅恪先生，另一位就是瞿兑之先生，他可以和陈寅恪先生比肩。但是他的知名度不高，有多种原因。瞿兑之是清末温和派大学士瞿鸿禨的幼子，家学渊源，经史之学兼及。后来在敌伪时期做过文职，稍有非议。瞿兑之和徐凌霄、徐一士都是非常推崇掌故学的。徐凌霄和徐一士是堂兄弟，他们的上一辈徐致靖，是参加戊戌变法的人物，虽然没有在六君子之列，也没有被杀头，但也是革职永不叙用。徐凌霄做过掌故学的教学，徐一士著有《一士类稿》，他们对包括近代在内的掌故都十分倡导、重视。

掌故学必须有一个基础，就是读书的广博，掌故在中国图书分类中属于说部，也是杂学。如果读书涉猎面窄，就达不到要求。你专门搞小学、考据学，别的书不读，也不能算是广博。掌故学必须博览群书，什么都读，最好是对古今中外整个社会的闻见，都有所涉猎，所以读书广博，是掌故学之第一来源。第二个来源是社会阅历，社会阅历在过去常常和做官连在一起，如果天天在家里，根本不入仕，也不行。一个人不能迷恋做官，但是这个人也不能完全没有入仕，不入仕就谈不上出世。所以说，必须要有比较广博的社会阅历，还要有一定的社会地位。必须有较高的见识，才能成为掌故的学术大家。另外，社会背景和大环境决定了人们的生活方式和交往形式，百年生活的变迁与掌故学其实有着极大的关系。20世纪50、60年代以后，是掌故学的空白时期，这是政治大环境造成的。形成这一结果也是由于一直以来，我们提倡新的学术观点，不提倡旧学，而过去撰写掌故的多是旧式的学人，落伍于时代，所以学界多以别样的眼光来看待，掌故学遭到排斥，这种观念也是导致掌故学衰落的原因。

最后谈到掌故的史料价值和社会意义。掌故，虽然不能看作信史，但是有丰富内涵。它可以包括个人经历所及，也包括对前代事件和人物史料的汇集，对前人掌故的整理研究，还包括对同一事件的互相印证。掌故学是中国学的一部分，是口碑记录的历史，虽然它也形成了文字，但并不是一种文献历史，只是对于文献历史的补充。

2016年8月18日于上海图书馆

留作他年记事珠

中国的书札文化

书信，在古代一般称之为书札，是信息传递的载体，也是集文献、史料、文学和艺术之大成的特殊体裁。

◊ 书札的起源

书札的称谓很多。书，是文字组成的内容；札，就是把竹简编起来。在古代的时候，人们把文字写在竹片或者木片上，这就是简牍。大块的木片或竹片，一般称为"牍"，窄条的、需要拼连起来的叫作"简"。通过绳或带子，把它穿起来，就变成了"简编"。简编的意思是把竹简编起来，编起来就是札，扎在一起，就叫"书札"，或者是书牍，或者是简牍，称谓有很多。

春秋的时候，书牍和书札多用于国与国之间的交涉，而非私人物件。国与国之间，所谓合纵连横，就是用书牍。

书札可以分为简、札、牒等；以通信对象的不同，可以分为公私书札，又可以分为表、状、笺、启、移、教等，这些书札的形式，一直到中古时期都有。给长官的、进献皇帝的，或是政府之间、政府部门之间的互相来往，都有不同的叫法。因此，书札不仅仅是私人的书信往来，也包括了公事之间的往来。

书札包括的范围是很广的，尤其在战国以后，已经从国与国之间的往来，扩大到私人的交往。所以，广义的书信包括公文、官员或一般朋友之间往来的"私书"以及个人家庭通信的"家书"。公文书札基本是通过驿站来传递，私人信件的传递，就只能通过各种不太规范的渠道进行，包括委托私人代交，即委托做官或探亲访友者等各种渠道和形式。由此，书札就有了各种称谓，如尺牍。尺牍指的就是信件，在中国文化史或文学史上是一个特殊的题材。尺，指的是它的外在形式，以尺为限，基本上是一尺左右；牍，是指它最早的时候写在木片上。

造纸发明之后逐渐有了专门写信用的笺纸。笺纸有大有小，但因自尺牍来，所以仍加"尺"字：尺书、尺翰、尺锦、尺简、尺纸、尺函，这是一些别称，雅称就更多了，大都来源于一些诗文轶事，比如说"鱼雁传书"，即通过鱼和雁来传递，所以，"鱼雁"就代表书信。"鱼书"是放在鱼腹里面的，由此延伸出"鱼笺"。"雁帛"就是雁衔的帛书，"鲤素"就是塞在鱼肚子里的素书。还有一些很客气的话，实际上是谓之对方的，比如说玉札、玉函、玉音，都是对来信的称呼，"玉"是好词，是一种敬称、雅称。"玉音得悉""顷奉瑶札"，都是说你传递给我的消息我收到了。还可以把书信称作"瑶草"。认为对方的书信很华丽，可以称作"华翰"。又作"朵云"，因为云彩是会飘来的。

留作他年记事珠

历代书札的文学价值

魏晋南北朝以后，书札的使用非常广泛。唐宋古文很多都是在书札里面的，如韩愈的干谒书等。干谒是唐朝的一种风气，书信的某些词句看起来像是阿谀奉承或吹牛拍马。比如李白有《与韩荆州书》云："生不用封万户侯，但愿一识韩荆州。"很多人不了解当时的情况，所以颇有微词，觉得李白那样放浪不羁、洒脱豪迈的人，怎么也能那么吹牛拍马啊？实际上是不了解当时的社会背景。干谒书是在参加进士考试之前，拜见当时文坛的领袖或大官僚时所上，要把自己的履历、才能抱负等，都写在书信里面，使之了解自己的理想志愿和文采，以便为自己取得功名散布影响。所以像韩愈、李白等人，都写过干谒书，以此抒发自己的抱负。柳宗元的散文里面，相当一部分取自书信，宋代的欧阳修、苏轼、黄庭坚等人，很多文学作品都是书信。《全唐文》《全宋文》中的与某人书，都是书信。这些书信，写得非常美。很多古文的价值，正是通过书信来表达的。所以，书信在中国文学史上是一个很重要的部分。

明清是尺牍与书札最辉煌的时代。特别是明代的书札，有着非常强烈的批判精神。有这么一句话，"不骂官不动笔，不诉苦不作书"。写信就骂人，不光是骂官，什么人都骂，并且表达自己的痛苦。明代书札，同时又是性灵之作。表达真感情和真性情，是明代书札一个很显著的特点。

从文体上来说，明代书札又是一个甜媚工致的小品。如"三袁"，还有其他的一些明代的作家，很多美文都是在书札之中，甜美、工媚、精致。另外，明人还好说佛论道，所以"禅"在明人的书札里有很重要的地位，谈禅说道也很多。一些剧作家，比如汤显祖，作"临川四梦"，"飞花一路，云卷云舒"。他的《玉茗堂尺牍》像他的戏剧一样，是很美的，从明朝末年到清代，屡刻不衰。虽然没有官刻，但有私刻、坊刻，版本很多。而明代的大画家徐文长（徐渭）就是"不诉苦不作书"的典型代表。他的写意画不但影响了明末，也影响了有清一代、民国时期和今天。无论是吴昌硕还是齐白石，都是受了徐渭的影响。当然，也有写得很洒脱的，很逍遥的，比如李渔。再有就是像尤侗，很名士，很放浪不羁。

近代的新文化运动，造成了白话文的流行，对旧式书札也有一定影响。其中冲击最大的就是格式、称谓、写法、文辞。但是，新文化运动对书札的冲击相对又是最小的。因为对旧式文人、一般老百姓而言，可以不买账，该怎么写还是怎么写。诗歌、小说等文学体裁，都受新文化运动很大的影响，唯独书札，仍可以按习惯采用旧体，因此在新文化圈子外面是受到冲击最小的。

留作他年记事珠

∂ 家书抵万金

家书在各种书札中是最常见的，但对一般人而言意义最为重要。"国破山河在，城春草木深。感时花溅泪，恨别鸟惊心。烽火连三月，家书抵万金。白头搔更短，浑欲不胜簪。"这里面有一句"家书抵万金"。在战乱之中，一封家书便是最大的慰藉和温馨。就是说，越是在艰苦和动荡的环境之中，家书才越显得弥足珍贵和无可替代。

由于书信不仅是传达私人的客观信息，同时也是其主观感情的表达。所以书札是历史上私人生活和个人情感世界的真实反映。中国的书札文化，不论在文人之间、官场之间、老百姓之间，都有重要的意义，同时也影响到了使用汉字的周边国家。在日本，书札的形式跟中国很相像。首先是竖写，而且是由右至左写。有意思的是，在日本古代，信叫作"消息"，但是今天用的汉字是"手纸"。为什么叫手纸？就是可以放在手上捧读的纸。发音上说是"てがみ"。叫"消息"很确切，因为"消息"就是信息。中国也有对书信非常贴切的比喻，叫"千里之面"，就是说，远距千里，关山暌隔，但是如同见面一样。从前写平安家信，都是说"见字如晤"，即见字像见面一样。

大家都读过、关注过的《傅雷家书》，是一部特殊年代中很平实感人的作品。当时傅雷之子傅聪到英国去，被认为是叛国的，受了很大的压力，傅雷当时又是"右派"。在这样特殊的年代，傅雷给傅聪的家书，内容却非常平实。开头是"亲爱的孩子"，非常亲切，没有"见字如晤"这种虚套子，说的都是大白话，底下的签名就是"爸爸"。在我们今天的书信中，以这样平实的东西为好。

近代书札的形式种类和基本要求

近代私人书札的形式和种类很多，如平安家书、实用书札、友朋书札、论学书札等。20世纪50年代的时候，有很多人不会写字，所以邮局门口常常有人摆摊，"代写书信"。如果是给父母写，那么上来就是"父母大人尊前敬禀者"，所有代写书信的都是这一套，没有受到新文化运动的影响。友朋书札，是好朋友之间往来的一些书札，逢年过节或者有喜事的时候表达祝福，也有一些问候的书信。如清末学人缪荃孙《艺风堂友朋书札》就是讨论学问的，有很多论学的价值。《张元济傅增湘论书尺牍》是张元济和傅增湘的来往书札节选。张元济是我们近代的大出版家，傅增湘也是大文人。还有清末的学者王懿荣论学的书札，都是讨论学问的。

书札如按一般往来和事类分又有通候类、谋职类、举荐类、请约类、庆贺类、唁慰类、允辞类、称谢类等。通候类就是普通问候类，用于联系问候；谋职类是找工作；举荐类是荐举人选；请约类是相约做事；庆贺类是庆贺喜庆之事，如婚宦、生子；唁慰类是丧事吊唁和慰问；允辞类即对对方之要求或接受或推脱；称谢类，即对人对事表示感谢。还有特殊的，如以诗词代书类，即写诗以代词，可以更好地表达感情和意境。另外又有情书一类。中国的书信以表达含蓄见长，这一点与诗文不同。例如乐府诗，已经很暴露很大胆了。但书信是到了近代新文化运动以后，才有大胆的、激放的、很缠绵的情书。例如梁实秋致韩菁清情书，是他晚年给三十多岁的女子写的情书。他天天写情书，四个月写了一百二十多封，老夫聊发少年狂，感情很真挚，后来便集成《雅舍情书》一书。

书札也是多重文化和文学艺术的载体。比如叶圣陶的书札，用普通的钢笔书写，一点装饰也没有，就是实用性的，没有太多审美的信息，但具有文献价值。这里有康生写给当时北图赵万里先生的信，康生的人品坏，但是字很漂亮，对文物对版本都很熟悉，信很有文献价值。因为康生的很多东西都被封存了，书札是史料的旁证和补充。最近广东的大收藏家王贵忱先生寄给我袁世凯写给赵尔巽的书札。开头称"次帅仁兄大人节下"，"节下"一般只能指节度一省或几省的政务、兵权的人物，"愚弟"指袁世凯，里面谈到赵尔巽和徐世昌关系的一些问题，也颇有史料价值。

书札的基本要求是"立意简明，措辞得体"，即说话要简明，措辞不能逾度。"格式合度"，"行辈有尊卑，交谊有深浅"，对不同的人要有不同的语气，交谊深的可以比较随便一点，交谊浅的就得含蓄委婉一些。"至亲无文，语宜质朴"，亲人之间不要玩弄辞藻，至亲要说白话，越质朴越亲切。"称谓不讹，行款无误"，在称谓上不要发生错误，否则闹笑话。如男学生称男老师可以是"夫子"，但女学生就不宜，因为在古代，"夫子"有"丈夫"之谓。"封缄有法，纸墨相宜"，比如信纸反着叠，字朝外，只有两种情况，要么表示绝交，要么就是报凶，给人一个精神准备和提示；纸墨要相宜，如对于丧事，就不能用红帖。

◊ 称谓和敬语

书信的称谓也很重要，对长辈，对父母、岳父母，对长官、业师、同辈的父母等，或者对平辈和晚辈，都有固定的称谓。

对长辈的称谓缀语，有"夫子""大人""仁丈"等；对平辈，有"兄""先生"。如果是同学，不管年长与否，都要称"学长"。启功先生对比他小二十岁的人，只要和他念过书，都叫"学长"。对晚辈可以直呼其名；世交晚辈可以称"世兄""世讲"，此种情况，收信人比寄信人晚一辈。对于夫妇，可以用"伉俪"，但只能用于年龄比自己小的平辈，或年轻的晚辈，而不能用于长辈。

从提称语来说，对于父母，可以称为"膝下""尊前"等。对于师长，可以称为"函丈""坛席""讲席"，对于平辈的称呼比较多，可以称为"左右""足下""阁下"等，对于晚辈语气就比较随便，称为"如面""知悉"等。

对于不同身份的人，称呼也有很大的不同。对于政界的平辈，可以称为"钧座""台座"等；对于军界的平辈，可以称为"麾下""勋鉴""节下"等；对于学界的平辈，可以称为"讲席""座右""著席"等；对于女性的平辈，可以称为"妆次""慧鉴""芳鉴"等，"懿鉴"是对中年以上的女性而言，指她的行为举止可以作为典范。在特殊的时期也有不同的称谓，"苫次"是家有丧事，"礼席"是指正在丧仪之中。如果是对于多个人而言，可以说"同阅""公鉴"。

以前在旧式的书信后面有"思慕语""阔别语"，就是自别后表达思念的。"颂扬语"则是适当的赞颂对方。另外对不同的人有不同的请安表达方式，对祖父母可以称"叩请金安"；对亲友可以说"敬请崇安"；对师长可以说"恭请诲安"；对平辈可以说"即请大安"等；对晚辈就很随意，可说"顺问"，顺便问一下的意思。请安、问候语也有不同的分类，用于政界的可以称为"钧安""政安"；用于学界可以称"文祺""文绥""著安""撰安"；用于女性可以用"妆安""闺祉"；用于旅途之中的，可以说"旅安""客安"；用于家居与阖家可以说

"敬候潭安""敬颂潭祉""顺颂潭祺";用于夫妻之间可以称"俪安""双安";用于贺喜的有"燕喜""喜安";用于贺年的有"恭贺年禧""敬颂新禧";用于贺寿的有"祗祝嵩龄""恭叩遐龄";用于吊唁可以用"敬请礼安""兼候孝履";用于问疾的可以用"痊安"。

署名下的敬辞又有不同。用于祖父母及父母可用"谨禀""敬禀""谨叩""叩上";用于长辈可以用"谨上""敬上""拜上""谨白""顿首""拜启";用于晚辈可以用"手书""字""白""手示""手白""手启";用于补述,信写完了又想起一些事情,可以用"又启""又及""又陈""补启""又禀者"。

文中的抬头,即涉及收信人本人的称呼的时候,写"顷奉来函","顷奉"空一行,"来函"要另起一行。对于自我的称谓,对长辈(非父母、祖父母)可以自称"愚晚""晚";对平辈可称"弟""愚""仆""鄙人"等;对晚辈称"余""予"等。

笺纸与函封

书信是多重文化的载体,是文学,是文献,是艺术,可以承载法书,可以融入感情,其作用很难用一句话来概括。笺纸的种类一般有素笺、八行笺,包括乌丝栏与朱丝栏。对尊长或新交宜用八行笺，吊丧或在服中忌用朱丝栏八行笺。信笺的折叠要先一直折，次一横折，大小略如信封。若反折是用来报凶，或表示绝交，最应避忌。信笺缮写，通幅必有一行到底，不宜行行吊脚。凡抬头处（指涉及对方名讳）应另起一行。普通有三抬、双抬、单抬、平抬、挪抬五种，最通用者为平抬与挪抬。平抬即是涉及受信人或长辈，提行另起书写，与其他各行平行，以示尊重。挪抬即是原行空一格。涉及自己尊亲时也宜抬头。字体宜用楷书，对尊重者尤宜如此。

笺纸中有特色的是彩笺，就是纸上印有淡淡的画，比如花草人物等。也可以把宋版书的书影淡化，做成笺纸。"薛涛笺"，就是唐代的女诗人薛涛发明的笺纸，很小，是为了写诗的。

彩笺是书札美学的一个标志，鲁迅和郑振铎先生就曾收集了美笺数百种，出了十余辑《北平笺谱》，把当时的大画家如陈衡恪、陈半丁、齐白石、吴昌硕等人的画，木刻水印成彩色笺纸出版，当时卖几百块钱，现在已经值几十万了。

另外还有个人专用的笺纸，还有用戏报做成的笺纸，也是很好的京剧史料，笺纸的种类五花八门，不一而足。

且说雅与俗

前些时候，苏州送来一部关于苏扇的图册，名曰《怀袖雅物》，装帧之精美自不待说，其内容收罗的苏扇历史文化也堪称集其大成。后来这部图书被评为"中国最美的书"，我想应该是当之无愧的。折扇传入中国有近九百年的历史，虽然关于折扇的历史与身世一直有争议，但大抵算是舶来品。这种舶来品一经中国文化的浸润，便成了无限施展中国雅文化的舞台，从扇骨的取材、制作、形制、镂刻、雕饰、扇面的书画艺术，乃至于扇袋、扇坠、扇盒等附属品，无不体现了士文化与工艺的结合，可谓美轮美奂。无独有偶，日前在中国美术馆举办的"日用即道"的国际漆艺展，五十多位工艺美术家将"百姓日用即道"的理念发挥到极致，不但匠作工艺绝伦，更是融入了雅文化的现代意识，将漆艺髹饰拓展到一个更高的境界。由此，令人很自然地想到一个雅与俗的问题。

雅与俗本无标准的界定，何谓雅？何谓俗？历来有着不同的见解。其实，雅与俗并非对立的概念，非俗即雅或非雅即俗

　　　　　　留作他年记事珠

的理念实际上是不成立的。即使以折扇与漆艺而言，其实本身都是产生于俗，源流于俗，而使其称之为雅物，则完全是因为创作者和欣赏者的审美情趣。

古人以为，雅者，正也。"诗三百，一言以蔽之，曰思无邪。"可见雅的对立面并不是俗，而是邪。由此，古人尊儒家经典之学为雅学，正道之音为雅乐，无邪之好为雅好，兼容博大的气度为雅量等，慢慢地延伸泛指一切美好与高尚。至于优雅、文雅、娴雅和雅趣，都是在此基础上的衍生，从美学的角度而言，自中古以来更多地将雅寓以审美的含义。

雅是一种审美，是异乎于大众意识的审美，是以文化为基础的审美，常常讲的"雅人深致"说的就是这个道理，只有具备深厚文化内涵的人才懂得审美，才能达到高深的审美境界。雅是一种追求，是对美的境界无尽攀升的追逐与渴望，在此过程中，需要得到丰富的文化濡养和润泽，同时，人的灵魂也在此过程中得到净化与升华。雅是一种情趣，从来没有无情之雅，无情之趣，雅是要融入真情的，没有情感的因素，也就没有了审美，没有了追求，又何谈雅趣？

今人对雅的理解，更多的是对物质与境界创造的审美，其实，雅更是一种自身的修养。说到雅趣，人们更重视的是对美好物质的欣赏与占有。以收藏为例，当今可以说是中国历史上从来没有过的收藏热，这固然来自经济的繁荣与社会的稳定，不能不说是好的方面。一切收藏品被称之为雅玩，而为收藏品提供"在途"的路径又是五花八门，文玩价格的攀升是导引大众争相染指收藏的最主要原因，加上各种媒体的炒作，"成功人士"与演艺大腕的加盟，将本来是小众行为的收藏雅趣，炙为全民关注的大众文化，不能不说是雅趣的庸俗化。收藏的铜臭气甚嚣尘上，给原本的雅趣蒙上了金钱的外衣，这种"雅好"已不仅是庸俗，而是有些邪了。书画本是雅事，既可陶娱身心，又能供人欣赏，但眼下的功利价值远在其艺术价值之上，难免令许多书画作品充满了世俗气。另一方面，生活的富足也开始使一部分人有了美好的追求，虽然只是肤浅的雅意识，总归是好事情，无可厚非，不能都以"附庸风雅"论之。真正的"附庸风雅"，当指那些略知一二，却在大众面前卖弄和标榜的人。审美意识的提高本来是一个循序渐进的过程，由浅入深，由表及里，雅趣的真谛也正在于斯。没有与生俱来的雅，雅是一种在过程与环境中的提高与熏陶。能够"附庸风雅"也不是坏事，久而久之，总会有些提高的。

雅是文化的奢侈品，然而这种奢侈却不以金钱来衡量，更不是金钱买得来的。

其实，雅于生活中无处不在，而雅的创造与体味是靠自身去发掘的。读书为文，处世交友，琴棋书画，饮馔服饰，举止言谈，甚至与外部环境的交融，春花秋月，逭暑消寒，无不与雅的韵致形成一种完美的结合。同样一个事物，于不同的人当有不同的感受，原因就是审美意识的不同。雅的营造并非物质

留作他年记事珠

和环境的展示，更多的是来源于自身的审美理念。我们常讲"雅趣天成"，并非说雅趣是天然形成的，而是喻之没有雕琢的痕迹，是一种深厚文化积淀所孕育的自然流露罢了。雕琢之美并非不美，《文心雕龙》就曾说过"以心为文""以雕缛成体"的情本理论，艺术与文章一样，同样要注入真挚的情感，但也少不了悉心的雕缛，这种雕缛充分体现了创作者的品格高下，趣味雅俗，以求达到"雅趣天成"的境界。诗有诗品，曲有曲品，艺有艺品，人自然也有人品的区分。雅的追求，其实就是一种对境界的追求。

一般而言的俗，当指社会长期以来形成的风尚、礼节、习惯，与雅并不相干。但相对于雅而谓之的俗，则是趣味的低下、粗鄙和平庸。这种鄙俗和庸俗又往往以雅的面貌出现，以适应缺乏审美意识的人群，这就是我们说的雅中之俗。其实，真正的俗文化、俗文学又何尝没有极雅的成分？以普通人为受众的许多艺术形式，经过长期的打磨与提炼，为最广大的社会群体所认同和接受，又能经得起历史的检验，有真情，有创意，如何不雅之有？俗文学中的戏曲、曲艺、小说；俗文化中的民间工艺、技艺，早已成了雅文化中不可或缺的重要组成部分。所谓雅文化中那些粗鄙和庸俗的东西却算不得是雅尚，只是冒充的雅尚罢了。

雅的最高境界当是返璞归真，大雅似拙，而不是故弄玄虚。真正的大雅，是具有清纯拙朴之气的，虽并不以普及为目的，但又会得到很大程度的社会认同，这也就是我们通常说的雅俗共赏。

毋庸讳言，雅是需要物质基础的，"仓廪实而知礼节，衣食足而知荣辱"，审美意识是人在保证基本生存条件后的更高需求，物质的丰足固然是产生高层次审美意识的条件，但并不意味着经济的发达和物质的充裕就能产生高雅的艺术和对艺术的高层次审美。雅只能来源于全民文化教育的提高，来源于全社会对文化的尊重与敬畏。

俗也可谓之为风，《诗经》将风放在雅之前，也可说明雅是在风的基础上产生的。《诗经》中的风来自各地的土风民谣歌唱，而大雅、小雅则大多是贵族文人的作品，虽然很多也是汲取了民歌的营养，但经过文人的润饰，文辞更为讲究。这种并存的俗与雅，绝非对立的关系，而是同样经得起时间检验，千百年传唱不衰的美。

最后说到雅趣，雅趣既是审美与品鉴，也包括了在此过程中的情感和趣味，这种情感和趣味具有很强的感染力。雅趣绝不是有钱人和文化人的专利，更不是普通民众的禁区。这些年来，我们过度地渲染艺术的经济价值，使得很多普通人有了认识上的偏颇，以为雅趣仅存在于小众的群体之中，因此对雅有了一种望而却步的观念。其实，雅就存在于我们的生活之中，美好与高尚也无处不在，我们逐渐富足的社会最好要少一些虚浮，多一些对美的追求。我想，这或许是雅趣的价值所在。

《秋水轩尺牍》弁言

尺牍也叫书牍、书札，就是我们通常所说的书信。周作人先生曾认为，它是"文学中特别有趣味的东西"。近年来，对尺牍的收藏与研究也越来越受到人们的重视，尺牍作为传达信息和沟通感情的载体却离我们越来越遥远，当我们坐在电脑前打开自己的邮箱，看着荧屏上过往即逝的 E-mail 时；当我们在手机上查看微信中的语音信息时，是不是还能想起那旧日韵味深远的尺书鲤素，由此而产生一些怀恋之感呢？是不是会有一种遗憾和怅惘？

尺牍是一种重要的应用文体，同时也是中国文学一个重要的组成部分。

古时没有纸张，书信是写在竹简或木简上的，长约尺许，因此谓之尺牍。后来有了纸张，书信用纸也大致以尺许为度，于是也就因袭了尺牍的称谓。书以代言，言以达意，尺牍记事陈情，抒发胸臆，也就成了所欲言的载体。于是性灵溢于纸上，笑语生于毫端，对于接受尺牍的人来说，开函诵读，又有一种无比的亲切之感。此外，中国的尺牍又讲究称谓不讹、行款无误、封缄有法、纸墨相宜，达到一种内容与形式的和谐与完美。因此可以说，尺牍是具有文学、史学、文献学、社会学、美学与艺术价值的综合体。

尺牍不仅有书牍的别称，千百年来还被誉为尺素、雁书、雁帛、雁音、鱼雁、鱼书、鱼素、鱼笺、鲤素、尺书、尺简、尺翰、尺函、玉札、玉函、玉音、瑶函、瑶草、瑶章、瑶札、华翰、朵云、云笺、芝函、云锦书、青泥书、飞奴等，至于对他人书札的敬称，更是不胜枚举。

尺牍的起源，以清代姚鼐的观点，是周公的《告君奭书》。尺牍的最早形式，应该是春秋战国时代国家之间和上层贵族往来的公书，后来在此基础上，逐渐完成了公书的私人化和尺牍由贵族向平民的发展。

明代向被人们称为尺牍的辉煌时期。在这一时期，既有关注时政、针砭世事的淋漓之笔，又有论及学术、探究艺事、怡情山水、寄托情思的性灵之作。所涉猎的范畴极为广博，兼及历史、文学、哲学、思想、艺术等各个方面，如王世贞、屠隆、归有光、李贽、袁宏道、陈继儒、徐渭、汤显祖等人，都可谓文风迥异的尺牍大家。像为人所熟悉的《玉茗堂尺牍》，就是汤显祖的尺牍专集。

清代秉承了明代的尺牍风格，有钱谦益、顾炎武、洪亮吉、吴锡麒、袁枚、李渔、俞樾这样的大家作品。清代中叶以后，开启了家书的兴盛时代，例如最为今天读者追捧的《板桥家书》和《曾国藩家书》等，这种家书中阐述的训诫已远远超出家庭的范围，已得到了社会的认同。

古代通信不发达，即使在平时，云山暌隔，能借寸楮以报平安，上纾父母之远念，下慰儿女之孺慕，鱼鸿尺素也是维系人们思想情感交流的唯一介质。说到情，书信尺牍中最能够表达各式各样的情，诸如亲情、爱情、友情、柔情、豪情、闲情等，于是尺牍书信也就成为这种情感宣泄的载体。尺牍书信也不仅仅作用于异地的互通音信，即便是近在咫尺，有时也能传布不便于交谈中直接表达流露的感情和语言。

尺牍与文章的区别大致在于前者是写给特定对象阅读的，而后者是写给大众看的。旧式文人的书札互往，除去礼节之外，还有一种情调，或者说是一种文化底蕴形成的情致。尺牍虽为只言片语，也可见其心绪与忧患，人情冷暖隐含其中。以诗词代书的形式也是中国尺牍常见的体裁，例如广为后人传颂的李商隐《夜雨寄北》、顾贞观《金缕曲》等，都是情真意切，极为感人的诗词尺牍。明清以来还有大量的书札尺牍论及学术，直抒个人的学术观点和见解，成为治学论艺文章中不可或缺的组成部分，如明代董其昌关于书画方面的论述，就多见于与友人的往来书信之中。清末缪荃孙的《艺风堂友朋书札》，收录了当时一百五十七位著名学者的数百通论学书札；《张元济傅增湘论书尺牍》，则收录了极为丰富的版本学资料。因此可以说，历代尺牍的内容之中，绝对不止于音信传递、事务往还、道德训诫等，我们可以从尺牍中了解更多的世情时事、学术动态、掌故轶闻等信息，搜寻到前人生活最可靠最真实的轨迹。

新文化运动以来，白话文体的尺牍别开生面，将这一沟通人际关系的媒介赋予了更多的文学色彩，例如胡适、俞平伯、朱自清等人的书札言简意赅，极富当时的时代气息，少了几分旧时的繁文俗套，多了几许新的思想和真情。

旧时的书札有很多格式上的讲究，如上款的各种不同称谓、敬辞；正文后的各种申悃和请鉴、问候；下款署名前的各种谦称等。这些东西距离我们今天的时代已经是那样陌生和遥远。我们今天互通音信，可以不再讲究这些繁文缛节，但对这方面的知识还是应该有所了解的。尤其是在不甚明白之前不要随便乱用，以免闹出笑话。我记得在20世纪的50年代，许多邮局的门前还有代写书信的，那时我还小，也喜欢站在背后看人写信，那写信人起始的第一句话总是什么"父母大人尊前敬禀者"或"父母大人膝下"之类，让我感到十分困惑和不解。其实这种程式化的虚套在现代社会就大大可以废除了，书牍留给后人最珍贵的当是真挚的思想情趣和自然流露的性灵光辉。

旧式的尺牍虽然形式多样，但是总的要求必须立意简明，措辞得体，行文流畅，用词典雅。此外，接受尺牍的对象也存在着长幼尊卑，交谊深浅的问题，因此口吻语气也不尽相同。

留作他年记事珠

也就是"至亲无文，语宜质朴。长幼有序，言戒轻佻。或有所咨商，则宜委婉陈词，或有所申辩，则宜虚己剖分"。

尺牍在结构上也有一定的讲究，旧时的尺牍总会在提称语之后，先有几句应酬和寒暄的话，之后才是正文，也即书信的主体。最后是致候和谨颂以及署名。

因此，在旧式尺牍通行的年代里，人们也希望有可供参考和借鉴的优秀尺牍范例。很多名家的尺牍多散见于其文集之中，不是十分集中的。于是除了那些教人书写尺牍的俗套读物之外，也就出现了一些可以作为尺牍范例，而又有阅读欣赏价值的选本。清末以来，一向被奉为尺牍圭臬的选本大致有三种，也被称为"清代三大尺牍"，即乾隆时期袁枚的《小仓山房尺牍》、清末许葭村的《秋水轩尺牍》和龚未斋的《雪鸿轩尺牍》。袁枚是有清一代的散文大家，诗坛领袖。而后两者则是名不见经传的失意文人，他们都是浙江绍兴人，以文案师爷为业，也就是代地方首长起草文书的秘书，除了留下这两部著名的尺牍之外，未见其他作品传世。许葭村和龚未斋大约都不是两人的本名，而是他们的字或别号。从尺牍的文学和思想内容上看，也都无法与袁枚的作品相提并论。袁枚的诗文无不体现着其性灵的纯真与立意的高远，而后两者则是无法望其项背和与之匹配的。从这两部尺牍的内容和背景上也很难看出鲜明的时代印迹。

许葭村与龚未斋是同时代的人，又有乡梓之谊，因此，在这两部尺牍中也有一些是他们互为应答的往来信函。《秋水轩尺牍》收入了许葭村的各种尺牍二百余通，多以致函人和事由为小题目。自清末到民国初年，这两部尺牍之所以流传不衰，应该说有着两个重要的原因。

首先就是《秋水轩尺牍》的可参考性。

旧时的尺牍，大体可以分为以下几类：

一是家书类。基本是父母子女、夫妻眷属、兄弟姐妹、族人子侄之间的往来书信，这种书信情真意切，无须过多的雕琢遣词。

二是通候类。这是使用最为广泛的书信形式，多用于朋侪、同窗、同事、同好、契友之间的相互问候。而一般的通候书信，如果没有特殊的事情作为骨干，就很容易流于空泛和俗套。所以通候类尺牍看似普通，实则很难，既不可过分卑屈，也不可盛气凌人，更要注意对方的身份。因此在用词方面切实得体，能有深情挚意洋溢于字里行间。

三是谋事类。这一类书札多数有求于人，无论是谋事、谋职，都应该谨守不卑不亢的原则，既不能过于谦卑，又不能轻佻浮夸，给人留下不良的印象。

四是荐聘类。所谓荐聘，实则包括了两类，即推荐和延聘。推荐是为人谋事，而延聘则是为事请人。这两者不同的是，前者需要如实陈述被举荐人的真实能力，品行道德，使对方有所了解。而后者要申明对被延聘人才能的器重，使得对方有知遇

留作他年记事珠

之感。这种书信也须措辞得体，虽是婉转周至，但又不失真诚，让人读后为之动容，不忍拂其心意。

五是请约类。这也包括了请托和邀约两种，请托的内容相对复杂些，事由不同，措辞也应该有所区别。而邀约则宜开门见山，如果是悠游雅集的请约，不妨用词典雅，融入情感为佳，但是行文最好短劲，无需过多的铺陈。

六是庆贺类。用于对方的喜庆之事，如婚庆、寿庆、生育、毕业、升职、开业、乔迁等，一般都不是前去道贺，而是以书信的形式表达自己的祝贺。这类书信应该简短明了，最忌在庆贺中夹杂自己的失意和牢骚，破坏了对方的喜庆心情。

七是唁慰类。唁，是对对方家中失去亲人的吊唁；慰，是对对方遭遇到的不幸表示安慰和关心。这类书信，开头的寒暄和应酬语应该尽量省略，也不可过分提及对方的具体伤心事，更不能在书信中陈述自己的得意之事，应该以真情慰藉对方的情绪。

八是允辞类。这种书信一般是答复对方的来函，用今天的话来说就是应允和推辞两类。应允即是承诺，这种答复应该让人一目明了，既不可忸怩作态，也不应骄横浮夸。而推辞的书信就比较难写了，既是拒绝，必然拂逆对方的心意，引起对方的不快，于是这就需要在叙述中语蕴含蓄，但又有自己的理由和难处，尽量使对方的不快减到最低的程度。

九是称谢类。一般概括了答谢、道谢和谢赠几类，其实都是表达谢意。这种书信，应该真诚质朴，不让对方产生虚与应酬的感觉。

旧时的尺牍基本不外乎在这几大类之中。当然，许多文人的以诗词代书和学人挚友间论学论道的书信是不在此列的。

尺牍书札是如此的复杂，书写和措辞又有这样多的讲究，因此对于一般人来说，修写尺牍并非容易事，需要一些可参考的范本的帮助。尺牍的选本也就成了市场的需求。这也就是《秋水轩尺牍》在新文化运动和白话文流行之前广泛行于世的重要原因。

《秋水轩尺牍》所收录的二百余通书札，几乎囊括了以上所述的各大类尺牍形式，可谓是应有尽有，于是《秋水轩尺牍》的实用性也就特别彰显了。

其次是《秋水轩尺牍》的文采。

尺牍的文采是撰写尺牍人身份和学养的体现，我在前面说到的，小时候在邮政局门前看到的那些代书人是不可能有多少文化素养的，他们基本以代写家书类的书信为业，很少会有其他的类别，因此翻来覆去永远是那几句话。但凡能够自己提笔写信的人，总会尽量将书信写得文雅一些，给对方一个良好的印象。字斟句酌，于是就需要参考一些文雅书牍的范本，而《秋水轩尺牍》正是满足了读者的这一需求。

许葭村虽一生失意，只能在幕下做个文案师爷，但毕竟是读书人，为长官代笔，也不能都是官样文章。历代文翰、风花雪月、典故诗词、骈文辞赋是要烂熟于胸的。因此在《秋水轩尺牍》中，尺牍书札的修辞造句是十分讲究的。虽然各种尺牍都不太长，但是修辞典雅，又不尽重复，读来有种行云流水、宛自天然的感觉。

清末以来，《秋水轩尺牍》曾印行了无数个版本，但是基本上只有标点本，很少有注释的。随着时代的发展，这样的文字对于今天的读者来说，阅读起来是有着较大困难的。尤其是所用的典故和许多生僻的文辞，已经远离了我们生活的时代和文体。如今，由章焯琪先生对这部尺牍进行了注译，使这部流行不衰的尺牍以更新的形式以飨读者，是一件很好的事。同时也在书中附有部分古代尺牍的书影和文献书目，不但可以让更多的读者能够读得懂，感受到那个时代文字的魅力，还能获得更多的有关古代尺牍书札的知识。

对于旧式的尺牍，在今天可以完全不再使用那种形式，但还是需要有所了解的，更有个别追求儒雅的年轻人，即便在电子邮件中，也还喜欢以文言致函，他们也感到自己语言掌握的贫乏，修辞句炼的肤浅，那么像《秋水轩尺牍》这样的书或许能给予他们一些帮助。

今天重新注释并印行《秋水轩尺牍》，可能不会再有书写信函的可参考性，也不会有多少人再以此为范本。但是，对于我们了解尺牍书札这一重要的古代文学类别，尤其是在今天的书札收藏热中，对于研究前人书牍信札都有着十分重要的意义，这也是毋庸置疑的。

2018年3月12日于毂外书屋

留作他年记事珠

也曾粉墨涂面 也曾朱墨为文

——写在《春明梦忆》出版之际

　　翁偶虹先生关于北京风俗掌故的著作《春明梦忆》，不久前由北京出版社出版了。这本书是在十年前出版的《北京话旧》基础上，由张景山先生重新编辑，再度增加了翁先生许多关于北京市井文化的未刊文稿而成。

　　翁偶虹先生（1908—1994）是著名的戏曲作家和理论家，同时也是一位不可多得的戏曲教育家。有幸得识翁先生是在20世纪80年代中期，直到他去世，大概前后有十年时间。彼时我在北京燕山出版社工作，先是负责《燕都》杂志，后来又做图书出版，由于工作关系，与先生有过很多接触。又兼我对戏曲的爱好，于是经常向翁先生请教，所以不仅仅囿于一般工作关系和约稿，同时也对翁先生多了一层认识和了解。

　　翁先生原名鳞声，笔名藕红，后来改为偶虹，是地地道道的北京人。其实翁先生一生的经历很单纯，从少年时代起即与戏曲结下不解之缘，为此忙碌一生，倾情一生。他从听戏、学戏、演戏到写戏、评戏、画戏，因此将居室命名为"六戏斋"，言不为过也，这也正是他一生的写照。翁先生也是位平民戏曲家，他以此为职业，不图功名，不附权贵，正如他在《自志铭》里写道："也是读书种子，也是江湖伶人。也曾粉墨涂面，也曾朱墨为文。甘作花虱于菊圃，不厌蠹鱼于书林。书破万卷，只青一衿；路行万里，未薄层云。宁俯首于花鸟，不折腰于缙绅。步汉卿而无珠帘之影，仪笠翁而无玉堂之心。看破实未做，作几番闲中忙叟；未归反有归，为一代今之古人。"先生以关汉卿和李渔为楷模，比喻也是恰如其分的。

　　翁先生一生戏曲作品甚富，独自创作或与他人合作的剧本多达百余种，在现代戏曲家中堪称是首屈一指的。1930年，新式科班中华戏曲专科学校成立，他即被聘为兼职教员，1934年正式到校任编剧兼导演，1935年任中华戏曲专科学校戏曲改良委员会主任。1949年起任中国京剧院编剧，直至1974年退休。他的戏曲剧本如《美人鱼》《十二堽》《鸳鸯泪》《凤双飞》等都是为当时尚未出科的戏校学生写的，也为"德、和、金、玉、永"等五科学生的演出实践提供了丰富的资源。同时，他还为程砚秋先生写了《瓮头春》《楚宫秋》和至今长演不衰的《锁麟囊》，为李玉茹写了《同命鸟》，为叶盛兰写了《投笔从戎》等许多新戏。这些戏或为原创，或改编自前人传奇，也有的是来自地方剧种，由此也见翁先生腹笥宽宏、广撷博采的风格。1949年之后，他还创作了《将相和》，并为袁世海写了《李逵探母》《桃花村》，为李少春写了《响马传》等，都是中国京剧院至今演出的保留剧目。1964年，他与阿甲等人合作，创作了现代京剧《红灯记》。直到晚年，他还笔耕不辍，为北京军区战友文工团的叶少兰、许嘉宝写了《美人计》，为温如华写了《白面郎君》等。翁先生的戏曲创作大多是量体裁衣，因人而异，将演员所长发挥到最佳状态，这也是翁偶虹剧作的突出特点。

1937年为程砚秋写的《锁麟囊》是他成就最高的作品，也是他的巅峰之作。可惜很长一段时间被禁演，理由是"宣传因果报应"。

关于戏曲创作的风格，翁先生也曾和我谈过不少，他的剧作可谓是俚俗中有典雅，平淡中见起伏，既有情节和戏剧冲突，也有入情入理的世态人文，加之翁先生的文辞功力，更有较强的文学性，这在传奇衰落后的京剧剧本中是难能可贵的。同时，翁先生自幼谙熟舞台，长于表演，能将京剧程式化的东西巧妙地运用于剧作，自然与那些传统口传心授的旧剧迥然不同了。

翁先生一生置身梨园，不但与戏曲文学须臾不离，也与戏曲界有千丝万缕的联系，他对近现代戏曲发展十分了解，且熟知梨园掌故。他所写的戏曲理论言之有据，绝对不是空泛之谈，因此读来丰富好看，更觉言之中的。1986年，先生的《翁偶虹编剧生涯》一书在中国戏剧出版社出版，当时印数只有平装本920册，精装本255册，我真是想不通为什么印得如此之少？先生拿到样书后，即题写赠我一册。可能是他年老记忆力已不好，后来竟又复赠我一册。后来我常对人说，印数如此之少的图书我竟有两部题字本，真可谓是"新善本"了。此书直到2008年纪念他诞辰100周年时才由同心出版社重印，但这第一版的书已很难找到了。《翁偶虹戏曲论文集》也得先生题赠，一同珍藏至今。

其实翁偶虹先生早年是报人出身，谈不上是戏剧文学家，他之所以成为戏剧家，一是嗜戏如命，戏是一生的爱好和追求；二也是当时生计所迫。他中年时得到了金仲荪先生的赏识，延揽为中华戏校的教员，使他能更多地接触到戏曲与戏曲教育，接触到更多的演员，这也是他成为戏剧家的重要机遇。

翁先生原居西单新文化街，后来搬到海淀区塔院的朗秋园，20世纪80年代开始一直是门庭若市，无论是戏曲界还是其他文化界的晚辈，程门立雪者众矣。

尤其是昔时中华戏曲专科学校健在的历届毕业生，对先生执弟子礼甚恭，以此也可见翁先生在戏曲界的威望。自从他搬到朗秋园后，我去得相对较少，1988年却在太庙的剧场纪念杨小楼110周年时相遇，在一起拍了几张照片，同时还有朱家溍先生和王金璐先生，这也是我和翁先生最后一次见面，倏忽之间，都是已近三十年前的往事了。

我在办《燕都》杂志时，曾用几期版面发表过翁先生的《钟球斋脸谱集》选编，先生还特地为此写过《钩奇探古一梦中》。《钟球斋脸谱集》是翁先生1939年的藏品，20世纪60年代散佚，

左起：翁偶虹、王金璐、赵珩

后来经翁先生的弟子傅学斌转摹，呈翁先生阅，发现即是旧燕归巢，珠还合浦，于是我才向他约了《钩奇探古一梦中》的文章。钟球为古代乐器名，这些谱式大多迥于现在舞台演出的脸谱，不同凡响，故以钟球称之，确是弥足珍贵的。翁先生对戏曲脸谱有很深的研究，不但了解皮黄的脸谱，对于地方戏曲的脸谱也很了解，他曾多次和我谈起，皮黄的许多脸谱是从地方戏曲演变而来，并且对其演变过程如数家珍。翁先生其实并不擅长绘画，他的许多手绘脸谱大多是在乃弟翁袖天的协助下完成的，翁袖天供职于故宫博物院，从事古代绘画的临摹工作，对他的帮助是不小的。翁偶虹先生早年是票友，擅长花脸行当，也曾粉墨登场，甚至曾与许多名家同台演出。他自己勾画的脸谱多与众不同，但是源流皆有出处。晚年，他的学生傅学斌、田有亮都得到他的亲炙。

翁先生自从搬到海淀塔院的朗秋园后，居住环境有了一定的改善，彼时可以说门庭若市，就教的戏曲界同人众多，问艺求教者络绎不绝，这也是他很愉快的一段时光。张景山先生当时是众多学生弟子中较为年轻的一位，有志于北京历史文化和民俗掌故的研究，曾追随翁先生多年，《春明梦忆》就是他在《北京话旧》基础上再增补整理的，收集了翁先生关于昔日北京市井玩物、工艺、戏曲、曲艺、庙会以及岁时节令等内容，都是前辈亲历、亲闻，读来更觉亲切。

翁先生是纯粹的老北京人，生于斯，长于斯，熟悉北京的历史文化，更了解北京的市井风情。他对北京有着深厚感情，在与先生的接触中，无时不感到他这种情感的流露。在《春明梦忆》增补的一些旧作中都是关于旧时北京生活的回忆。这种叙述都是他的亲身经历和见闻，绝对不同于那些反复摘抄的耳食之言，这也正是《春明梦忆》的可贵之处。

翁先生对老北京的一草一木都有着深厚的感情，他熟悉旧时北京的中下层生活，尤其对梨园的生活状态和演出形式有着更直观的记忆。我对其中的"合作戏"和"春节杂戏"两节有着较深的印象，较之同类的文章，描述更为生动细致。而"货声"又是这本书的精华所在，五行八作的叫卖，经他生动写来，溯本求源，再现了那些已经消逝的旧时风物。对今天的读者来说，可能已经是那么遥远，但对今天六十岁上下的人来说，或多或少还能有些印象。翁先生之所以能将一岁货声描述得如此丰富多彩，毋庸置疑是源于他对生活的悉心观察，这些也都是他创作的源泉。

一个好的作家，应该是一个热爱生活的人。什么是戏？戏如人生，戏是生活的再现与浓缩，于是翁先生有此散文和杂文也就不奇怪了。在《春明梦忆》出版之际，就我所知道的翁先生，拉杂写了一点文字，也算是对翁先生的一点纪念吧。

溥仪、庄士敦与《紫禁城的黄昏》 *

◊ 庄士敦成为帝师之前，清宫的状况

溥仪之前的慈禧、光绪时代，还有辛亥革命，因彼时庄士敦还没到紫禁城，很多东西是说不清楚的。这个阶段，清宫的情况我可以简单介绍一下。1911年辛亥革命以后，实行了清室优待条件。我们今天看到的故宫太和门以内的"前三殿"——太和殿、中和殿、保和殿，以及左右的文华殿和武英殿都已不再为清室所有。溥仪时期的范围是南到乾清门，北到神武门，包括乾清宫、交泰殿、坤宁宫这"后三殿"，面积虽然不小，但只剩了原来的三分之一。清室优待条件在实行的过程中，也发生了一些重大的历史事件，比如说北洋与革命党的南北之争、袁世凯的洪宪称帝，以及张勋的丁巳政变。虽然这些事情庄士敦都没有经历过，对他这位"客卿"来说却是重要前奏，

---

* 本文据《文汇学人》采访稿整理，本文叙及《紫禁城的黄昏》均指高伯雨译本。

没有这个前奏，他就不会进宫。说起丁巳政变，我说一点题外话。张勋带兵从徐州到了北京，结果政变只维持了十二天。我在《二条十年》里提到我家有个男佣叫老夏，似乎曾在"北洋三杰"之一的王士珍家里干过，后来是在我家去世的。老夏是个旗人，满脑子封建思想，给我从小灌输的东西都是张勋是好人，遗憾张勋复辟没能成功，说起丁巳政变整个过程，怎么起事，何时出发，怎么进的东华门，张勋后来如何仓皇逃到荷兰使馆避难，详细极了，就好像他亲眼看见似的。

说回正题。在这个时期，溥仪依旧维持着原来的生活状态，用的还是宣统年号，当然，上谕、年号都不出乾清门，社会上已经是民国多少年了，乾清门以内还是宣统多少年。庄士敦也用宣统年号。所以《紫禁城的黄昏》这本书在时间标注上略有些混乱，高伯雨有的注得很清楚，有的也语焉不详。

那么，当时行走于紫禁城的都是哪些人呢？于公而言，是袁世凯、徐世昌这些人。大概1913年隆裕宾天，袁世凯、徐世昌都到场了。这是大事。隆裕的葬礼非常盛大，移出了乾清门，在太和殿举行的，而且评价也很高，匾上写着"女中尧舜"。这是袁世凯为了称帝而刻意做的准备，以示自己是传承于正统的。隆裕死了以后，直到1924年11月，虽然也发生过丁巳政变这种事情，但是溥仪的生活还是比较安定的。这个过程当中，溥仪慢慢长大了，到了十二三岁，就牵扯出了教育问题。而行走于紫禁城的另外一些人，就是溥仪的师傅。《紫禁城的黄昏》

庄士敦

留作他年记事珠

里提到的溥仪的几位师傅，都与庄士敦有过来往，或者他比较熟悉，当然也有例外，比如陆润庠，他是苏州人，清末状元，1915年就死了。陆润庠也曾是帝师，庄士敦基本没有提到。另外还有一位短暂做过帝师的袁励准，庄士敦也提的不多。袁励准出身的武进袁家，跟我家关系很密切，例如袁行云、袁行需先生都是武进袁家的子嗣。

庄士敦提到的重要人物有这么几位。首先是福建螺洲的陈宝琛，帝师领袖。其次是广东番禺的梁鼎芬，他资历不浅，但是死得较早，很早就中风了。梁鼎芬完全以遗老自居，有一张照片很有名，他去崇陵种树，表示忠于清室。还有一位朱益藩跟庄士敦接触也较多，他是江西萍乡人。最后就是伊克坦，他是满族人，教溥仪满文。不过据庄士敦说，伊克坦的满文水平究竟如何很难说，他一直一口北京话——晚清时满族人不懂满文的是多数，不像今天咱们还有满文学院、满学会。伊克坦在帝师当中最不受重视，因为溥仪对满文不大重视。

这个时候，社会上各种不同的思潮都在涌现，庄士敦进官是1919年，正值五四运动。以京戏为例，虽然鲁迅、周作人、胡适都不怎么喜欢，但是1919年到1937年这近二十年，是京戏发展最繁荣、人才辈出、群星灿烂的一个时期。贩夫走卒夜里走道，总也还哼两句"父女打鱼在河下""我正在城楼观山景"。

就是在这样一个新旧交替、风起云涌的历史背景之中，庄士敦来到了乾清门内的紫禁城。

庄士敦进紫禁城始末

庄士敦进入紫禁城这件事里面有两个关键人物。第一个是徐世昌，他负责给溥仪找师傅。徐世昌当时在北京，后来一度做了国务总理，他对清朝还是有感情的。说起来，徐世昌跟我的伯曾祖赵尔巽是有些矛盾的。我手里有一些伯曾祖和袁世凯之间的来往通信，是广东的王贵忱先生复印给我的，因为王先生专门收藏信札。从这些信札可以看出，袁世凯调解了不少我的伯曾祖和徐世昌之间的矛盾。因为徐世昌在前、我伯曾祖在后，都做过东三省总督，我伯曾祖对徐世昌的很多政策并不满意，他在当地推行了很多新政——在接受新思想这一点上，他比徐世昌更开明，《南亭随笔》里就记载，他讲演时喜欢引用赫胥黎、华盛顿的话。

第二个是李鸿章的三子李经迈，他在威海卫做过事。徐世昌通过他辗转找到了庄士敦。据庄士敦说，本来是要找一个美国人的，但是此人要去做公使，李经迈就把自己这个爱尔兰朋友介绍给了徐世昌。庄士敦做过殖民地官员，先在香港，后在威海卫，因为反对利用宗教在中国搞渗透，很多英国人骂他。他辗转进入紫禁城之前，已经是个中国通了，游历了很多名山大川，对诗词、经学都颇有研究。当时像他这样熟悉中国，喜欢中国历史文化的外国人还有很多，比如瑞典的喜仁龙，他研究北京古建筑是一座座丈量过去的，他那本《北京的城墙与城门》首发式由我主持，我开玩笑说，如果今天咱们想要复建一座北京城的话，这本书完全可以作为最基础的蓝图。

对溥仪师傅这个职务，庄士敦是胜任愉快的，他觉得这对自己更深层地了解中国有好处，而且能进入这么核心的机构，也是一种荣幸。

◿ 对《紫禁城的黄昏》的高伯雨译本的评价

《紫禁城的黄昏》成书以后，一年之内就印了好几次，也有不少人将它译成中文。高伯雨这个译本是译注本，用咱们中国的经学术语来说，它不仅有注，注以外还有疏——注是注书的，疏是注注的。他的疏给我印象最深的是两处。一处是溥仪的生母瓜尔佳氏去世，高伯雨用将近两页篇幅的疏，详细介绍了相关背景，例如瓜尔佳氏自杀的传闻。还有一处是关于延恩侯朱煜勋，这位朱煜勋一般人不大知道，高伯雨又用一大段疏对延恩侯的来龙去脉做了介绍。因为中国人历来有兴灭国、继绝世、举逸民的思想，所以延恩侯作为明代朱氏皇帝的后裔在清朝领着二等爵位，每月都有俸钱可领，但是甭说民国时候，就是在清末这笔钱也常常领不下来，所以这位末代延恩侯朱煜勋是穷困潦倒。高伯雨在注之外又加了很多疏，拓展了原书的内容，这是本书很大的一个优点。

但是该译本也存在一些问题。第一个问题是，高伯雨这位掌故家跟旧掌故家不太一样，第一手资料不多，他写到的很多事情，一个是道听途说，一个是翻检报刊。而且他对北京没什么感性认识。他是广东澄海人，对香港很熟悉，也在上海待过一段时间，北京的不少事物他并不熟悉。第二个问题是，高伯雨的立场是偏"左"的，思想比较激进，有些译文不免对庄士敦的原文有所歪曲。举个例子，书中有一处译文叫"乳臭未干的龙"，其实译成"冲龄天子"或者"襁褓中的天子"是更好的。这是典型的报人习气，按照今天的话说叫"标题党"。高伯雨的好多题目都是这种报人习气。

◊　庄士敦对溥仪以及自己帝师身份的看法

庄士敦对中国文化、对溥仪个人的感情都是非常深的。这里面既有中国历史传统的影响，也有西洋人文精神的因素。他进宫以后，首先得找个住处，清宫花钱给他租了一处房子，在景山后街的油漆作胡同，离他的工作地点毓庆宫也近——这里历来是皇帝读书的地方。在将近五年的帝师生涯之中，庄士敦恪尽职守。有人说他是帝国主义派来渗透的特务，其实这种说法是不成立的，他并不代表政府，完全是以个人身份来做帝师，从中国人角度来说，他可以算作"客卿"。他对自己能在清宫里有这么一个差事，也是以为荣幸的，他进官的时候就是二品顶戴，1922年因溥仪大婚又被赏了头品顶戴，庄士敦是很高兴的。

前面提到，高伯雨译文中常有些对清廷不恭敬的话，这些大都不是庄士敦的原文，但是在一件事情上，高伯雨与溥仪、庄士敦立场一致，那就是对内务府的态度。因为内务府积弊已久，可以说很长一段时间以来都在贪污腐化、中饱私囊。内务府管理的是官廷事务，自然是由旗人担任内务府大臣，到了宣统年间，居然用了庄士敦推荐的汉人郑孝胥来总管内务府，这是有清历史上前所未有的。庄士敦一直希望整顿内务府，整顿的第一步就是遣散太监，辛亥以后太监已经裁撤了很大一部分，还剩一小部分留在神武门内，当时北府里的醇亲王载沣是不大愿意遣散太监的，但是溥仪受到庄士敦影响，决定裁撤太监，结果就是建福官大火，溥仪猜测这是太监有意纵火，干脆把这个毒瘤彻底割了。所以，在对待内务府这个问题上，应该说高伯雨与溥仪、庄士敦这三个人是一致的。我个人也觉得内务府太不像话，从前北京有句俗语：树小房新画不古，此人必是内务府。这是嘲笑内务府官员中饱私囊，赚得盆满钵满，可是人没文化，个个都是暴发户心态，房子盖的都是新的，可是大树移不过来，挂的也都是当代名人字画。

庄士敦在溥仪身边这段时间，主要还是教皇帝学英文，跟着庄士敦几年学下来，溥仪的英文水平是不错的。另外，庄士敦给了溥仪很多新知，比如他给溥仪看了很多地图、画册，介绍各国的气候、物产，英国的君主立宪、两院制度，还有英国、法国的文学作品。庄士敦虽然在宫里当差，业余时间对中国社会还是有较多接触的，时新刊物如《新青年》他也拿去给溥仪看，虽然他并不赞同其中的思想，但还是希望溥仪能够兼收并蓄，多看点东西。溥仪当时受的教育，既有中国的旧学，也有西洋的新学，包括理科的东西——庄士敦也给溥仪讲过一点数学。我从前在《百年斯文》所收采访里也谈过，我父亲小时候受的也是这样的教育。他没念过民国的小学，而是在干面胡同的美国学校里长大的，与王世襄先生是同学，王先生是十年一贯读了下来，我父亲因为太平洋战争爆发没念完，他在家里受的是另一套教育。我祖父请了经学的老师讲《左传》，又请来戴绥之先生讲小学，戴先生也是启功先生的老师。我父亲还有一个爱尔兰的老师教英文。虽然这种民间教育跟皇帝的比不了，思路却是一致的，既要有旧学又要有新知。就我所知，周一良先生、杨宪益先生都跟我父亲一样受的是这种国学、西学杂糅的教育。

在1924年北京政变以前，其实庄士敦是无意参与中国政治的，他与中国的官僚几乎没有太多接触，日常来往无非就是几位同事。陈宝琛威信很高，资历也老，庄士敦接触得最多，庄士敦在樱桃沟的别墅，陈宝琛也去过，还写了东西送给他，他都很珍视，存着在彼处的合影。朱益藩也接触得较多。此外的几位，梁鼎芬死得较早，伊克坦教满文，跟庄士敦不搭界。在朝廷之内行走的这五年，一些重大的活动，比如升平署的演出等，庄士敦都参加了。这个时期升平署的大规模演出只有三次。1915年敬懿太妃过生日，外面的戏班子都被请了进来，庄士敦没赶上。第二次规模最大，就是1922年的溥仪大婚，演了三天戏，名角儿全进宫演戏了，老一点的像陈德霖，较年轻的如杨小楼、梅兰芳。第三次是1923年端康太妃过生日。故宫的戏台很多，例如重华宫、长春宫，而升平署的演出用的是漱芳斋，它的戏台相对来说比较小，里面一个，外头一个，里面那个戏台演的是些昆曲小戏，例如《尼姑思凡》《游园惊梦》，大戏一般就在漱芳斋院子外头那个戏台。我在漱芳斋开过很多次会，里面地方很小。庄士敦看戏的时候，场面也远不如重华宫、颐和园看戏那么大，但也确实算一件大事，所以他去看戏的时候，恐怕也得穿上袍子马褂。那个时候外国使节来中国总要拜会一下这位逊帝，这个朝廷的外事活动还不少，庄士敦作为帝师和客卿都会参与其中，他也觉得是种荣耀，有时候还以中国人的身份、穿着中国人的服装去接待。

这种好日子，基本上就过到1924年溥仪出宫的时候。

⸮ 庄士敦在紫禁城的交游

庄士敦早期接触较多的主要是他的学生，例如伴读的大阿哥溥伟的儿子，后来没有了。溥仪之外，庄士敦接触最多的人就是溥杰，另外就是郭布罗·润麒，我小时候是经常跟润麒一块玩的，我在《二条十年》中专门有一节写到三格格金蕊秀和郭布罗·润麒的。三格格那个人非常规矩、老实，郭布罗·润麒就活泼多了。润麒能在我们家的院子里倒着骑自行车，说自己是马戏团的，给我的印象深极了，他还跟我奶奶一块儿唱《四郎探母》，我奶奶演太后，他演国舅。这出戏里有大国舅和二国舅两个角色，所以人们都说戏台上这两个国舅，一个是真国舅，一个是假国舅。北京饭店的经理邵宝元演的大国舅是假的，演二国舅的郭布罗·润麒是真国舅，而且他既是驸马又是国舅——驸马是因为娶了溥仪的妹妹，国舅是因为他是婉容的弟弟。他晚年还骑摩托车，后来还开了个中医诊所。四格格的儿媳妇和我又是同事。我对他们都非常熟悉。

庄士敦在宫里这段时间，接触最多的无非就是这帮孩子——他是不拿溥仪当孩子的，那时溥仪已经是一个少年了，溥杰也是少年，郭布罗·润麒比他们小四五岁，还是个孩子。他们其实对各种新事物都挺感兴趣的。建福宫大火之后，在原有的场地上建了个网球场，之后这帮格格、阿哥就在那儿打网球。溥仪为了骑自行车把宫里的门槛都锯了，这是尽人皆知的，他对汽车也感兴趣——后来溥仪出宫，逃到天津租界的时候，他还真的买了一辆汽车。

庄士敦的故居

他在城里的故居大概不在了，但是在门头沟的樱桃沟有所别墅，这个别墅现在修得焕然一新。这件事跟我还有一点关系，1991年10月，我陪着剑桥大学的汉学家麦大维教授，还有北大中古史研究中心的荣新江教授等几位学者去了一趟。我们走的是门头沟的山路，到了樱桃沟别墅，发现根本没人管，门窗全没有了，变成了猪圈、马厩。我们待了大概半个小时，麦大维教授很是伤心。我们当时就对门头沟当地热心地方文化事业的同志说，这个地方还是很有意义的，应该把它重新修缮。我回去也向文物局反映了这个问题。后来果然修复了，我表弟拍了张樱桃沟别墅的照片发给我，修得很好。

庄士敦与溥仪出宫

溥仪出宫这件事发生得非常突然，以站在逊清立场的人的角度来看，叫作"逼宫"。要我来形容，就是八个字：城门失火，殃及池鱼。这是因为1924年的第二次直奉战争。冯玉祥倒戈一击，回师北京，吴佩孚当时不在北京，冯玉祥趁机把曹锟给囚禁起来，控制了整个北京。当时社会上对溥仪是有意见的，有人提出让溥仪移出紫禁城，搬到颐和园去住，当时溥仪那里很多人反对。结果冯玉祥来硬的了，让鹿钟麟与张璧去逼宫，别说颐和园，就连乾清门内都保不住了！当时有很多遗老指着鹿钟麟的鼻子骂："你忘了先太傅了吗？"因为他是晚清太傅鹿传霖的同族。鹿钟麟与张璧限定溥仪几个钟头之内出宫，什么东西都不许拿。溥仪一点准备也没有，惊慌失措，就上北府去找醇亲王了。说到醇亲王府，老醇亲王府是在鲍家街今天的中央音乐学院那个位置，后来恭亲王逐渐失势，醇王逐渐得势，北府是新盖的醇王府。

溥仪搬去了北府，庄士敦没去，依旧住在油漆作胡同那间房子里，但是他也在多方奔走，先帮忙将溥仪移到英国使馆，后来又找了日本使馆的芳泽谦吉公使。丁巳政变，黎元洪跑到日本使馆，丁巳政变失败，张勋跑到荷兰使馆，使馆常常是作为避难处的。1923年日本关东大地震，溥仪出了一大笔钱去赈灾，日本方面是非常感激溥仪的，所以芳泽公使接纳了溥仪。这毕竟不是长久之计。当时遗老的去向基本上是四个：绝大部分人辛亥革命以后跑到了天津租界；有一部分人跑到青岛德租界，我的伯曾祖就是这样，他对德国的印象比较好，就到青岛去了；有一部分人去了上海，像陈夔龙；还有一部分人，像善

留作他年记事珠

者就去了旅顺。这四个地方都在溥仪的考虑之中，最后他去了天津。辛亥革命爆发时的湖北总兵张彪正好在天津做寓公，他不仅自愿把自己住的张园让出来接纳溥仪，还每天穿着棉袍，把棉袍的大襟掖在腰带里头，天天来扫院子，以示对故主的忠诚。说到这里，说句题外话，张彪的外孙跟我是同班同学，现在我们还经常来往。几个月前，我去山西，还专门去看了张彪的祠堂。

溥仪在天津安顿下来以后，庄士敦就离开了他，又回到威海卫。1930年威海卫交还中国，庄士敦是起了作用的。他很亲中国，所以有些英国人骂他是"英奸"、卖国贼。他回英国之后专心著述，写出了《紫禁城的黄昏》，溥仪给他写的序。这也是一种态度。成书以后，他两度到中国，第一次是1934年，第二次去了"新京"，那时的溥仪已经做了伪满洲国的皇帝。庄士敦在书里说，溥仪其实并不甘心于做日本人的傀儡皇帝，使他下定决心离开张园去东三省的一个重要因素，就是孙殿英掘了他的祖坟，一时间举国哗然，对中国人而言，这是最不能忍受的。当然，溥仪身边也有很多人撺掇着他去东三省。

庄士敦的晚年很孤寂，他买了一个小岛，在小岛上插了一面龙旗，以示忠于旧主。

庄士敦的回忆录与《美国女画师的清宫回忆》《慈禧外纪》等西方人对晚清宫廷生活的记述相比，有何特出之处？

这些人的记载与庄士敦的书没有什么太多可比性。他们写的都是慈禧、光绪旧时代，而且带着猎奇的眼光，没有太大参考价值。再有一个德龄的《御香缥缈录》。都说"德龄公主"，她其实不是公主，是慈禧认的一个干女儿，她姓裕，父亲是裕庚。德龄1944年就死了，她的妹妹容龄活到1973年，会跳芭蕾舞，中国的芭蕾舞团成立她有参与。大概是1971年，我和一个同学去见容龄，她很健谈，烟一根接一根不停地抽。《御香缥缈录》里头很多东西也有错，这也是难免的，人的记忆多年以后总是会有偏差的，再有一个每个人写东西都有自己的立场问题，而且总是为尊者、亲者讳。朱家溍先生做了不少订正。

至于坊间流行的那些宫女、太监的谈往录，有一本书跟我还有密切关系。就是《老太监的回忆》，后来编入《太监谈往录》。因为这本书的著作权问题，我们北京燕山出版社还吃了官司，是我出的庭。书的作者信修明早已不在，是他的子孙把我们给告了。我作为总编辑助理代表北京燕山出版社出庭，打死我也没想到，太监有儿子。结果人家翻出了户口本，还拿着当地派出所开的证明来了。信修明是结婚生子了的，为生活所迫才净身入宫。最后我们赔了人家五千块钱。具体到这本书的内容，我是太熟悉了，我自己的书里还引了他的文章。他负责看守被烧了的圆明园，有一次接待李鸿章，他问中堂大人是奉谕来的，还是自己来的？李鸿章说，是自己想来看看。信修明回绝了他：您不是奉谕，不能进来。所以他的书里记载的都是底层的、生活化的东西。辛亥以后的溥仪是如何生活的，这个逊帝的思想和生活状况如何，唯一的记载是庄士敦这本《紫禁城的黄昏》，这也是这本书的价值所在。

0　读《紫禁城的黄昏》时，可以参照哪些书？

有一本很老的书，李剑农的《戊戌以后三十年中国政治史》，这实际上是一个很简单的读本，对历代内阁的情况，还有府院之争、讨袁运动、护国护法运动等，都作了介绍，就好比《纲鉴易知录》一样。当时是有档案的，起居注的记录非常详细。当时很多人的日记、书信，对清宫之外的社会状况，以及自己偶然进宫的情况，都有记录。这些都可以与庄士敦的书参照阅读。

写在《江南收藏世家过云楼》之外的话

  沈慧瑛女士撰写的《江南收藏世家过云楼》即将出版，对于过云楼的历史以及与此有关的文化氛围，我可以说是完全外行，但有幸在出版之前拜读了即将付梓的原稿，应她的要求，于此写几句读后感，恐怕也只是隔靴搔痒，仅是个人的一点浅见罢了。

  毋庸置疑，近年来，过云楼与顾氏家族出现在人们的视野之中，首先是其收藏。关于这点，仍然要依赖未来的学者们进一步研究。但仅从近十几年间过云楼在拍卖市场上汹涌澎湃的表现，就足以看出它的雄厚实力。拍卖热点是个十分敏感的话题，每年都有重头戏，但又有谁能像过云楼顾氏家族那样一次又一次地被推上榜首。先是王蒙的《葛稚川移居图》，然后是以宋椠的《锦绣万花谷》为首的古籍善本。还有就是任熊所绘的《姚大梅诗意图册》页，当众人质疑这套册页是否经过顾文彬收藏时，沈慧瑛女士根据过云楼日记有"同治十一年十一月九日以三百六十金得任渭长六本"的记录，完全证实了确经顾氏之手。由此也可以看出沈慧瑛女士对过云楼档案是熟悉的。

如果说,《锦绣万花谷》等古籍善本的出现带给人们以惊喜,使人们关注到过云楼藏书的丰富,那么作者在书中揭示的傅增湘先生在20世纪初访问过云楼,在古籍流通方面的交往或许更有意义。可能出于双方的约定,傅增湘的《顾鹤逸藏书目》在顾麟士故去后的1931年才得发表。这部藏书目共录宋元明清善本五百三十九种。傅氏自言"目录下漏注尚多"。据作者所言,现有《鹤庐藏书志残稿》存世,两相对照,必然会有新的发现,也由此更佐证过云楼收藏之富。

沈慧瑛女士在全面把握和研究过云楼的文献档案基础之上,又多次采访过顾氏家族在世的后代成员,因此能够形象地刻画出云楼五代传承人的不同面貌,以及各自的成就与贡献,并能够梳理出顾氏家族在近一百五十多年中的传承脉络,以及在关键节点上的个人修为,使读者对苏州过云楼有了清晰的了解。

在这部著作中,我们可以清晰地看出,顾氏家族不仅将过云楼和怡园与苏州地区紧密地连接在一起,并能在百余年间,将人文荟萃的文化学者和艺术家团结在一起,融入江南文化的大发展之中,这是一种多么了不起的事业。

这部著作还揭示出过云楼不仅仅在书画收藏方面蜚声海内,它的主人们在诗词文赋、文献整理、国学研究、昆曲、古琴,甚至对西洋绘画的推介和摄影的实践上也都有不同程度的建树和贡献。由此使我们对顾氏家族有了更新的认识和评价。这些文化活动不仅使顾氏家族子弟受到熏陶和教育，对传承家风起到了不可替代的作用，也对苏州地区公共文化事业产生了重要的影响。

此书出版之前，沈慧瑛女士由于多年从事苏州过云楼档案史料的研究，已经陆续出版了相关档案多种，都是研究过云楼乃至苏州文化发展不可或缺的重要文献。这部《江南收藏世家过云楼》应该说是她在整理与研究基础上完成的一部系统而通俗的著作。全书共分八章，第一章追溯到南朝《玉篇》的作者顾野王，也并非没有根据，是利用了档案中从顾鼎臣到顾文彬祭祀顾野王的材料。到了顾文彬这一代，历经了从太平天国到清末的战乱，经商起家，开始了书画和古籍的收藏，规模不断扩大，奠定了过云楼的基础。

过云楼收藏最重要的时期当是顾文彬和顾麟士祖孙两代，也可以说到了顾麟士时期达到了辉煌的高峰。因此《江南收藏世家过云楼》也对这段时期给予更多的关注，从第二章至第五章给予了重点的描述，其中不乏十分珍贵的史料。但是，顾氏过云楼的藏品几经后来的分家、离乱等因素，散失于各地，许多现存于上海、南京、苏州的博物馆以及海外和私人手中。这就造成了档案史料与藏品脱离的问题，许多档案材料中论及的却见不到实物。我想，这也是作者在撰写这本书时所面临的很大困难。尽管如此，作者还是通过档案尽可能叙述了其

　留作他年记事珠

重要的收藏。

作者在《江南收藏世家过云楼》中，十分重视过云楼历代主人的社会交往与社会关系，我想，这也是本书的精华所在，同时也体现了一个档案研究工作者的学术素养和功力。过云楼的存在离不开同时期的文化氛围，离不开与之发生联系的社会交往，本书正是通过大量的书札、题跋、日记、书目等反映了围绕以过云楼为中心的这个文化环境的文人社会。在此，我也建议作者在成书前编辑一个人名索引，便于对本书所涉各个时期的政治、经济、文化等历史人物做更清晰的梳理。

档案史料是其他古籍和收藏品所不可替代的，日记、信札、题跋、书目、杂记等具有不可替代的真实性，比其他文字更具说服力。作者在这本著作中，也正是筛选了许多类似的材料使内容更为充实，通俗之中也具有其学术价值。顾氏五代人的社会交往和社会关系可以说都是以过云楼为集合点而形成，档案的记载保留了他们过往真实生活的鲜活史料，是理解社会历史不可或缺的。

收藏从来离不开收藏品的流通与买卖，本书也记录了一些过云楼藏品的收集收购过程，这些内容虽然不是很多，但是也从一个社会的侧面体现了不同社会环境对古籍和艺术品的不同认知，乃至于经济价值的浮动。同时，也体现了收藏者的文化素养和鉴赏力。这些内容，书中也有所体现。

本书的另一特点，是作者对过云楼顾氏家族和苏州文化给予了更多的人文关怀。

从第六章到第七章，作者关注了顾氏子孙在过云楼和怡园内的文化活动。虽然自顾麟士去世后过云楼的收藏逐渐走向衰落，但是对于文化的守护与传承并没有衰败，怡园雅集仍然延续，昆曲的传承和新文化的传播，也成为顾氏后代的追求。顾氏子孙或钟情书画艺术，收藏之余从事美术教育与传播；或研习昆曲，以曲社传承昆曲艺术，直到淞沪会战之前，都以苏州作为江南文化的重镇，起到了重要的作用，形成了一个承前启后的江南文化中心。这些，都得到了作者的深切关注。

过云百年，文脉长存。过云楼文化是中国近代收藏文化和文化传承中的重要现象。一个家族的收藏不仅仅是一种私人活动，也是民族文化的组成部分。私家收藏无论在哪个时代，都不可能永远为一家一姓所占有，天籁阁圮，秋碧堂空，这是历史发展中无法回避的现实。所幸过云楼为我们留下了相对丰富和完整的档案，又经作者这样锲而不舍地研究整理后，梳理出一本系统的通俗读物，使读者看到的不仅是拍卖会中流转的藏品，更是顾氏对文化传承的贡献。从严肃的档案中捕捉生活的真实留影，通过一个家族的延续展示中国社会和中国文化的发展史，我想，这或许就是作者写这本书的初衷吧。

不离不弃六十年
——写在中国集邮总公司成立六十年之际

　　2015年是中国集邮总公司六十周年华诞，按中国人的观念，六十年正好是一个甲子，而我也步入六十七岁。六十年间，我与中国集邮总公司结下了一生的不解之缘，多少往事，记忆犹新；抚今追昔，历历在目，可谓感慨良多。

　　1955年，我七岁时从东城南小街的什坊院搬到东西二条，也就是冯小刚的电影《1942》中河南省主席李培基住宅的一所跨院，那里离东华门不算太远。东华门大街路南是旧时的"真光电影院"，20世纪50年代初改名叫"北京剧场"，老舍的著名话剧《龙须沟》就是在那里首演。1954年在王府大街（后改称王府井大街）为人艺修建了首都剧场，这个"北京剧院"就改为"中国儿童艺术剧院"，我曾在那里看了《马兰花》的首场演出。此外，东华门大街的路北有一家俄式西餐馆叫作"华宫食堂"，我那时常随家里长辈去吃饭。因此，东华门大街是我非常熟悉又有亲切感的地方。后来发现，就在"华宫"的正对面，建起了一座灰色两层小楼，当时还在装修，不久正式开业，这就是中国第一个国营的集邮公司——中国集邮公司。彼时北京的楼房不多，像样的营业场所也很少，因此就感觉这座灰色的楼房已经十分恢宏了。

虽然我家里没人集邮，但却有些旧时的邮票，从上幼儿园开始就给我玩儿，于是我的集邮应该说从那时就已经开始了。老祖母看到我摆弄邮票，就对我说中国曾经有个"集邮大王"如何如何，给我留下了深刻的印象。直到很多年以后，我才知道这个"集邮大王"就是上海的周今觉。当集邮公司开业的时候，我和家人在"华宫"饭后也曾进去参观过，可惜印象不深，但我觉得那是个非常神秘的地方。

1956年的夏天，我上了小学一年级，这所小学在王府大街的救世军的南侧，是历史悠久并且很有名的培元小学（后来改为王府大街小学），于是距离集邮公司更近了。同班同学中有不少集邮的，都将自己攒的邮票带到学校来，中午休息的时候就拿出来显摆，我也将我的几十张邮票带来和同学们一起展玩。后来，不知是谁提出放学后去东华门集邮公司看邮票，大概是在二年级的上学期，我们就开始经常在放学后相约去集邮公司。

那时的集邮公司门面算是很气派了。左右两座玻璃大门，大门的两侧各有一座很大的玻璃橱窗，展览些新邮、邮刊和集邮用品。营业大厅是大理石的地面，正对大门有四根正方形的厅柱，每一面都有玻璃橱窗，环绕大厅的东西和北侧是三面的橱窗，这些橱窗里分别展示着各种邮票。正对大门的南侧是方形三面柜台，营业员在里面为顾客分拣所要的邮票。

几十年来，许多往事可能都有所淡忘了，集邮公司里的场景却依然恍如昨日。大厅里西侧的两根方柱四面是展示外国的新邮，而东侧的两根方柱四面是中国新邮和解放区邮票。那时的集邮公司除了中国邮票之外，只出售当时的"社会主义国家"邮票。像欧洲的苏联、东德、波兰、匈牙利、捷克斯洛伐克、罗马尼亚、保加利亚、阿尔巴尼亚，开始时还有南斯拉夫的邮票，后来取消了，当然与政治原因有关。亚洲的有朝鲜、越南、蒙古，至于古巴邮票的出现时间要稍晚些了。紧贴西墙一带（包括一部分南墙和北墙）都是这些欧洲和亚洲的社会主义国家的邮票，东墙一带（也包括一部分南墙和北墙）是中国纪、特和普票，解放区邮票在东侧的北墙。我还记得整个大厅里最贵的一枚邮票是陈列在北墙的"湘赣边省赤色邮票"，标价是100元，这在当时可谓是天价了。其他纪、特邮票如后来发行的金鱼、黄山、牡丹、菊花、梅兰芳邮票和小型张都是按面值出售的。

无论是中国邮票还是外国邮票，除了编号之外，一般都有两个标价，即新票价钱和盖销票的价钱，如果一时售缺，就会在标价处挡一块小纸片，以示售缺。除了中国邮票，外国邮票中的匈牙利邮票和波兰邮票印得最为精美，也卖得最快。我们这些小学生都没有什么钱，有的同学就是省下吃早点的钱去买邮票，因此我们那时只能选择比较便宜的盖销票。一般大套的外国盖销票只有几毛钱，这对我们这些孩子来说就是最贵的了，一般的多是几分钱或一两毛钱一套。每次买上一两套票，就已经十分满足，能高兴一个多礼拜了。除了集邮公司，东安市场的南花园一带也有几家私营的邮票店，像沙琪、沙伯泉、杨启明等人的店都开在那里，过去家里人也带我去那几家买过一点邮票，但是自从有了集邮公司之后，我就再也不去那里买了。

从小学二年级到中学时代，集邮公司占据了我绝大多数的课余时间，每到周六下午，总会在那里消磨很多的时间。

周六、日是集邮公司最忙碌的日子，人们要先在柜台上自己取一张小纸片，浏览了橱窗之后，将想买的邮票编号写在小纸片上，再去排队，依次将小纸片递给营业员，营业员按照顾客纸片上的编号从背后一层层的小抽屉里取出顾客所要的邮票，装入一个个印有"中国集邮公司"字样的小纸袋（直到今天，我还保存着那个年代的小纸袋），一份份地排好，顾客再次排队交钱后即可拿到自己要的邮票。整个营业大厅中虽然人头攒动，但是秩序井然，营业员都非常和蔼耐心。这种景象至今都能再现在我的脑子里。那时的集邮公司里各种各样的人都有，像文学家夏衍、文物鉴定家张珩、戏剧家周贻白等都会像普通集邮爱好者一样在那里选购、排队。当然，青少年总是人数最多的群体。

从集邮公司开业伊始，门前就聚集着集邮爱好者，除了在营业大厅买邮票之外，也在门口交换邮票，于是这就成了集邮公司开业以来热议的焦点。这里面有几个当时特别敏感的问题：一是集邮要不要通过交换流通？这种流通以什么为依据？邮票除了作为邮资已付的凭证之外，是不是商品？是否具有作为商品的价值？在交换中能不能用货币补偿差价？这在今天看来丝毫不是什么问题，在当时却是谁都不好回答的问题。二是除了中国邮票和所谓的社会主义国家邮票之外的其他邮票能不能也纳入交换的范畴？当时，通过一些其他渠道，例如印度尼西亚归国华侨等携带入境的邮票（当时有印度尼西亚邮票和欧洲其他国家邮票也见于门外的交换场所）能不能在此交换？能不能收集？三是集邮的题材，什么能收集？什么不能收集？应当如何给集邮活动定位？集邮公司也从开业以来就为此大伤脑筋。对聚集在营业大厅的集邮交换者集邮公司基本上是劝阻和驱赶的，但对于门外的集邮爱好者从事的交换活动以及上面提到的几个问题就很是为难。那时的总体原则是：邮票可以通过交换互通有无，但是不允许使用货币买卖，对用货币补齐差价的问题始终是在模棱两可之间，没有明确的规定。至于收集什么邮票？那时是首先提倡收集中国邮票，优先新中国邮票。

为了因势利导，集邮公司也曾召集过几次集邮爱好者的讨论会，我那时年纪小，没有资格参加，但是像李近朱、王泰来等年岁比较大些的，都被当作当时青少年集邮者代表召集开会讨论。关于"资本主义"国家邮票不能收集的问题则是没有商量的，结论是一概不能收集和交换。实际上，在大门外也是屡禁不止，少数其他欧美国家的邮票照样交换、买卖、流通。

我开始集邮时除了购买新中国邮票外，也漫无目的地买些好看的东欧国家邮票，后来则专门买动物和植物的邮票，还有文学家的邮票，我也从集邮中获得了许多课外知识。从1955年到1965年，东华门的中国集邮公司一直都是集邮爱好者的圣殿和天堂，无论春秋寒暑，这十年中我在那里度过了无数美好的时光。那里的一切都深深地印在了我的记忆中。

那里当时三四十岁的营业员可能今天已经多数作古，但是他们的面貌和特征我至今都能回忆起来。当时还有一种印有国徽的锦缎面的大型插册，是为了国庆十五周年制作的，每本大约十元，是最豪华的册子，只卖给外宾，我通过种种关系竟然买到过两三本。"文化大革命"时期，这种册子依然由邮票厂的家属"五七连"生产，都是手工制作，作为对外交流的礼品在生产。20世纪80年代初，我还以几十元一本的价钱买到过二十几本，至今还保留着，质量很好。

"文化大革命"时期，中国集邮公司的东华门营业大厅歇业，我的集邮也在此期间停滞。集邮公司的大门关闭了，我童年时代和少年时代那一扇金色的大门也在我的身后关闭了。若干年后，我曾写过一篇散文——《花花绿绿的小纸头》，回忆了那难忘的十年集邮生活，颇多伤感。

20世纪70年代末，坐落在东华门的集邮公司重新开始营业，后来改名为中国集邮总公司，并成立了邮票发行局。中国的集邮活动开始了第二个春天，我的集邮也从此恢复，迎来了又一个春天。

当我第一次走进重新开业的中国集邮总公司，仿佛又回到了那个熟悉的世界，一切是那样的熟悉，然而又是那样的陌生。那时已经没有了外国邮票业务，四周墙壁的橱窗中陈列的都是最新发行的中国邮票，题材之多样，设计之精美无与伦比。本来心灰意懒的我再次萌生了集邮的念头。那时最新发行的茶花、奔马、西游记等邮票都能随便选购，而且都是面值价。比较特殊的像为香港邮展发行的山茶花加字小型张，为里乔内邮展发行的长城小型张，则在两元的面值价上再加五角钱，已经觉得很贵了。我还记得一件往事：那时我已经在医院上班，每周三要骑着自行车到东单三条的中华医学会去听学术报告，回来路过集邮总公司时，看到发行不久的生肖猴票，整版80枚，按面值是六元四角一版，于是就随便买了一个整版。刚回到医院，遇上在我院实习的基建工程兵两位女军医，大家都很熟悉，她们很喜欢这版猴票，非要我让给她们，说等我下周再去听学术报告时可以再买，于是不容分说，每人给了我三元二角，硬是每人撕走了半版。等到第二个礼拜我再去听报告时，集邮公司的柜台上说已经售罄，至于什么时候会再来货就说不好了。在那个时代，从来没有囤积居奇的意识，真的想等几天再来买。走出大门，有人拿着猴票在兜售，一枚8分的猴票竟卖到4角，看看后拂袖而去。

那两年，东华门集邮公司的门前又聚集了大量的集邮爱好者，新邮的发行，集邮公司的恢复，推动着中国集邮的新生和发展。不久后，集邮总公司搬到了和平门，东华门的灰色小楼成了中华全国集邮联合会的办公地点。再后来，我当选为中华全国集邮联合会第二、三届的理事，第二、三、四届的学术委员，经常来到这里开会办事。集邮公司的东侧一直都有个小门，通过一个夹道后可以直到楼上，从很小的时候起，我就觉得那扇门里是个神秘的地方，楼上究竟是什么样子？那里有多少邮票？始终是我梦寐中的想象，没有想到若干年后，我也能从那个小门进出，登堂入室，这是我在少年时代想都不敢想的事。

从东华门到和平门，从宋兴民到张玉新、刘殿杰，我们多次在一起开会、讨论，许多邮票设计家、邮学家也越来越熟悉，我从这里认识了孙传哲、吴凤岗、孙少颖、刘硕仁卢天娇夫妇、吴建坤、潘可明、黄里等许多人，参加过许多次邮票选题和设计的研讨……，六十年光阴荏苒，中国集邮总公司与我的一生结下了六十年的不解之缘。

欣逢中国邮票总公司六十华诞，抚今追昔，写下一点文字，

留作他年记事珠

而远不足以表达激动的心情。集邮，给了我一生的快乐，中国集邮总公司留下了多少可以追寻的梦，这里，也永远留下了中国邮票最美的春天。

新春话家宴

春节刚刚过去，这意味着我们又完成了一次令世界震惊的、数以亿计的春节大迁徙。随着时代的变迁，尽管过年的礼俗和家宴的内容、形式都在悄然改变，但吃顿团圆饭是每个中国人忙碌一年后最朴素的心愿。为了这顿饭，多远的路，多冷的天，都不能阻挡游子们回家的脚步。

从汉代到明清再到近现代，春节礼俗既一脉相承，又随时代不断变化。最早记录民俗的典籍可追溯至南朝梁宗懔所著的社会生活笔记——《荆楚岁时记》，这部书真实记录了公元6世纪长江流域的岁时民俗，例如关于放爆竹，就有"先于庭前爆竹，以辟山臊恶鬼"的记录。家宴的丰俭和礼节的繁简还与人们所处社会层次有着密切的关系。除此之外，人口流动和民族融合也影响着年节的礼俗。就拿春节来说，原本是汉民族的节日，现在随着文化的交融，很多少数民族地区除了保留本民族的传统节日，也渐渐接受了欢度春节的习俗。

今天，消失最彻底的当数旧时过年的祭祖礼俗。旧时，不论名门望族还是寒门小户，春节都是聚合本族子侄后辈、对祖先慎终追远的重要时刻。大户人家有专门的祠堂供奉着祖先牌位，要隆重地准备香烛纸马、猪牛羊三牲等来祭祀列祖列宗；小户人家即使是准备一块木牌、一碗清水，也要严格恪守祭祖的礼仪。1937年北平沦陷，物资更加匮乏，人们不得不简化了祭祖的程序。即使这样，我家还一直保持着过年祭祖的仪式，直到"文革"开始才终止。幼时每到春节，我就会帮着在祖先牌位签上套黄绫子。具体来说，那时家里所供奉的祖先牌位已经不再是纯木的形制，而是经过改良的。这种牌位底座为木托，上面用铅条环一个椭圆的圈儿，再由我一个个把几十个分别写有祖先姓名的黄绫子套在铅丝上，就成了过年时祭祖拜叩的牌位。年后撤供时，再由我把封套一个个拆下，悉心地保存在木匣中，等待下一个春节再使用，这也反映了近代祭祀越来越简化的趋势。后来，这些老礼儿都废止了，祭祖也就成了历史云烟。如今，中国城市里的祭祖仪式已经基本消失，但是南方许多农村和海外又有所恢复，一直存在和持续着。

在我童年的记忆里，有一种与祭祖相关的食品——蜜供，它带给孩子们的快乐远远超出了祭祀这层庄严的含义。从腊月初开始，各家点心铺都应接蜜供的订货，蜜供是将鸡蛋和面切成二三寸的条状再经过油炸，用蜜糖黏在一起，一摞多高，上小下大堆成宝塔型，根据顾客的财力和需要，订购的蜜供从一尺多高到七八尺高不等，每五具为一堂，通体晶亮，中间夹着红丝，是供神、佛、祖先的必备之品。当然，蜜供的优劣也不同，如京城的瑞芳斋、正明斋、秀兰斋、聚庆斋等都技高一筹，价钱也略高些。所谓技高，无非是原料讲究，用的鸡蛋多，酥脆，有桂花的香味。人家定做的蜜供一时不来取，店家就摆在店堂里，一堂堂摆得整齐漂亮，可以起到招徕更多生意的作用，而小孩子看了无不垂涎欲滴。腊月中旬，每当蜜供摆出来，就像过年的信息来临，市面上已经是年意盎然了。新正一过，多数人家也就撤供了，那蜜供就分给左邻右舍的孩子们吃了。那时的人们卫生意识差些，油重、糖多的东西放在今天也不见得有多少人喜欢。但蜜供那甜甜的、酥酥的，略带着桂花香的味道，对我来讲是一种隽永的、挥之不去的年的味道。

　　从腊八开始，一直到腊月二十三祭灶的半个月时间，是各家各户的家庭主妇们准备年货的日子。这也是过去一年之中北京物资供应最充沛的时期。一入腊月，熬腊八粥的杂豆，山西的黄米，江南的糯米，东北的山货、野味，河北、山东的大白菜，乐陵的小枣，湖广的腊味，东阳的火腿，福建的蜜饯，岭南的干果，京郊的时蔬洞子货，张垣的营盘口蘑等，都会源源不断地送到北京城。除了准备吃食，像年画、剪纸、香烛、锡箔、黄表纸这些年下要用的东西，也要尽早采买，因为旧时的买卖多在大年三十关张，直到初五甚至初八才重新营业。如果到用时才现买，可就不那么容易了。

　　家宴吃什么？这也随地区和经济状况的不同而变化。老北京有几样年节家宴的保留菜，比如豆酱、炸素丸子、酥鱼、芥末墩儿和辣菜等。其实这些菜的成本都很低，用的都是些便宜常见的食材，是市井百姓吃得起的东西。比如酥鱼：旧时小鲫鱼价钱便宜，所费无几。事先选用三寸许的小鲫鱼，开膛洗干净后烧熟，多用大号的砂锅，一层小鲫鱼，一层山东大葱的葱段，层层码放整齐，用大量的米醋焖制，一定时间后即可食用。酥鱼要冷食，可以分若干次食用。以此下酒佐餐，不但味道醇厚隽永，而且经过醋的焖制，鱼骨完全酥嫩，入口即化，就连鱼头都能嚼烂。此是一道过年时惠而不费的冷荤。

炸素丸子也是过年的一景，彼时许多人家一到过年就炸素丸子，用的无非是面粉、胡萝卜、香菜、粉条，混合着淡淡的五香粉的味道。"豆酱"者，其实就是加了黄豆、肉丁、胡萝卜丁的肉皮冻；芥末墩儿、辣菜的主料也不过就是白菜和蔓菁。现代人吃素多是为了健康，而旧时的素菜荤做，大抵是物资匮乏、生活艰难的需要。每到过年，人们不惜费时费力，变着法子将便宜的食材精工细作，恐怕也是不得已而为之，价值也许远不如山珍海味，营养成分和饮食卫生更不在考虑之中。但是那种对生活的追求和乐趣，也绝对不输于今天的奢华，其乐也融融，这些过程或许更胜于食物本身的价值和味道。

在春节的家宴上，整鸡（与积同音）、整鱼（与余同音）、丸子（象征团圆）、甜品（象征甜美）由于各自的象征意义，也是必不可少的。我曾经在山西见到过去春节摆的"木头鱼"

实物。山西地处内陆，旧时偏远地区难得买到鲜鱼，于是当地人就用尺把长的木头雕刻成真鱼的模样，并浇上芡汁端到桌上应景，吃的人也是心照不宣，没人会真拿筷子夹"鱼"吃，这种"木头鱼"可以多年反复使用——这也算是平凡生活中的幽默吧。

等到七碟八碗告一段落，众人意兴阑珊之时，暖窝（也称菊花锅）就该出场了。暖窝不同于涮锅，而是在锅中事先铺好了层层菜品，如鱼丸、蛋饺、鱿鱼、玉兰片等，以高汤煮沸，大家团而食之，这算是为家宴画上了红火、温暖的句号。

家宴当然不仅限于春节，老人寿诞、中秋佳节也是举办家宴的重要时刻。家宴上主张以老人为尊，长幼有序，无论是为官作宰，还是布衣百姓，在家宴中位次都要严格遵照长幼、嫡庶、尊卑的次序，不因某人的社会地位显赫与否而改变他在家族中的排序；清贫的人家，即使是拉洋车的，一般也会换上长棉袍和马褂（旧时马褂是礼服的标志，即使是从估衣摊上买来的旧货，也必须有一件），带上帽头（俗称瓜皮帽），接受小辈儿和邻里、友人的拜年与祝福。正月期间，阖家上下也会玩些酒令、灯谜、梭胡、牌九之类的博彩。以至于文人春节的雅集，也会有射覆、投壶、诗钟等文雅些的游戏，一家大小其乐融融。而小孩子们是最快乐的，嘴里吃着各种零食，手里拿着鞭炮满院子跑。再艰难的岁月，这几天大家也暂时忘掉了生活的艰辛、暂时的恩怨，尽量把日子过得轻松惬意。过了正月十五，当官的开印，做买卖的开张，老百姓们继续讨生活，新的一年又带着意犹未尽的余兴周而复始了。

今天，过春节除了团聚、吃喝以外，人们有了更多的选择，比如网络交流、外出旅游度假、读书充电等。但同时也有越来越多的人抱怨过年没"年味儿"。我想这所谓的"年味儿"，与其说是几顿丰盛的饭食，不如说是在过去物资匮乏的年代，人们为过年而精心准备的那种欣喜与虔诚，还有阖家老少从容相处的那份温馨与和谐。"年味儿"的含义，也在时代的前进和变革中发生着质的变化，这是谁都无法改变的现实。

秋天的印象

　　但凡是读过普希金的《秋》，都会被诗人带到那金红色的世界，感受到那"大自然的豪华凋零"。也许每个人在秋天的感受并不一致，或是萧疏的感伤，或是淡然的别情，抑或是对新的生机的期盼，大抵总是一种成熟后的情感。

　　每年秋天都会去京西大觉寺，为的是看看"无去来处"和"动静等观"两殿之间月台畔的大银杏。整棵树的叶子都变得金黄，像华盖一样覆盖着月台，在阳光的照射下，金光盖地。那树龄有八百多年了，年复一年，岁岁枯荣。每在斯时树下，总在想，八百多年来有多少人曾盘桓于此，凭吊感怀，而今又何在？而那银杏却是生机盎然，金色的华盖随着年轮的增长越来越大，浓密的叶子从绿到黄，到金黄色，直至全部落尽。

　　"远岸秋沙白，连山晚照红"（杜甫句），完全是中国画平远视角的大写意，虽不擅丹青，小时候也以此诗意涂鸦，那真是太容易了，在纸上皴擦几笔崖岸，在远岫点染几笔丹红，于是题上是句，自己还颇为得意。

　　　　　留作他年记事珠

欧阳修的《秋声赋》写的并非秋天的情景，而是一种对秋天的感怀，文中的山川寂寥、草木肃杀都是表达一种大化无情的感受，于是不免有许多的苦闷与悲凉。

由于东西方文化的差异，人们对秋天的感受也有着很大的不同。从诗歌到音乐、绘画，西方人多是直接表现秋天的美，一种厚重而浓郁的色彩，而孕育于其中的感怀则是次要的。

也许，只有徐志摩才能将 Fontainebleau 译成"枫丹白露"，将 Avenus des champs-Elysées 译成"香榭丽舍"，将 Firenze 译成"翡冷翠"，创造出那么富有诗意的中文译名。早在去意大利前的许多年就读过他的《翡冷翠的一夜》，但是对佛罗伦萨（今译，是从英文 Florence 译来）的憧憬，与其说是因为内容的吸引，毋宁说是"翡冷翠"这一令人难解的中文。至于枫丹白露，那无疑就是秋天的韵致，哪里还是地名？与徐志摩所眷恋的康桥相比，意大利和法国对他来说是较为陌生的。我没有考证过，他1922年在英国时可曾去过法国？还是1925年再度欧洲之行时领略过那里的森林和宫殿？可是每当看到枫丹白露四字，总会将它与徐志摩联系在一起。

2005年，我在法国度过了一个金色的秋天。

巴黎左岸应该说是一个咖啡与文化、历史与时尚、读书与思考并存的空间，在圣日耳曼大街、蒙巴那斯大街和圣米歇尔大街上，集中了咖啡馆、书店、画廊和小型的美术馆、博物馆，还有古老的大学。左岸，已经不仅仅是巴黎的一个区域，而是一种象征和符号，而秋天的左岸更是平添了几分浓重的色彩。

曾经有人问过我：香榭丽舍大街上的咖啡馆与左岸的咖啡馆有什么不同？如果是初到巴黎，这也许是个很难回答的问题。因为巴黎所有的咖啡馆几乎都在街头路边，形制也没有任何区别。一位流寓法国的老教授曾让我观察巴黎街头的咖啡馆，他告诉我，凡是坐在街头咖啡馆的人，都是面朝大街，摆出悠闲自得的神态，为的是让过往的行人注意到自己，而自己也在观察着所有的行人，不无作秀的成分，也许这就是巴黎市民俗气的一面。经老先生点拨后再仔细观察，果然如此。

左岸的咖啡馆却不像老先生所说，完全是另一种景象。

深秋的左岸，所有的露天咖啡馆都支起了天然气的取暖灯，那是个伞形的支柱，顶部的伞下有电热装置，坐在伞下，会有种暖融融的感觉。每到中午，几乎所有的左岸咖啡馆都是座无虚席，那是中国所谓"序属三秋"的季节，人们穿着厚外套，却依然选择露天咖啡馆。在这里，没有百无聊赖而面朝街巷的人，每个人都在咖啡座上，取暖灯下，专心致志地读着自己的书。年轻人居多，也不乏老人。有欧洲人，也有中东、亚洲和非洲的青年。许多咖啡馆是可以续杯的，于是一杯咖啡可以坐到掌灯时分。偶有秋风乍起，枯黄的树叶随风而落，甚至飘落在桌上、书上。此时，只有飒飒的落叶声，而绝无一点喧嚣，左岸是如此的宁静与安谧。我发现，在这个属于电子信息的时代，左岸咖啡座上竟多是纸媒读物，很少有电脑，或许这就是左岸那么多书店赖以生存的原因？

与右岸的灯火通明，五光十色相比，左岸的色彩是单调的，然而却是厚重的，就如同秋天的颜色，大约三百年的时间，左岸依然故我。巴黎并不是个光怪陆离的时尚之都，去看看左岸的秋天吧，你或许会看到另一种为之感动的文明。

枫丹白露之美就如同她的译名，那里的韵致也只有在秋天才能得到最好的诠释。这是一座被森林环绕的宫殿，从12世纪开始，这里凝缩了从中世纪的卡佩王朝到拿破仑三世的全部历史。虽然以其豪华程度而言，枫丹白露比起凡尔赛宫略有逊色，但是这里包容了历代王朝的建筑风格。尤其是16世纪初经过弗朗索瓦一世而融入的意大利文艺复兴时期的艺术风格。16世纪以来，这里成为法国画家学习意大利绘画的地方，因而产生了枫丹白露画派。

枫丹白露之美，我想主要是它被森林环抱，如果站在枫丹白露的后面，你会有着一望无垠的视野，或许感受不到森林的存在。秋天也偶尔会有天低云暗的时候，但是你依然会感到开阔，草地已经变得枯黄，与灰暗的天空连接在了一起。在目力所及的范围之内，你不会看到一根高压线，也看不到一座现代建筑的远影，只有一种延续了几百年的苍凉。可以这样说，视野所及，与几百年来那里的人们所能看到的没有丝毫差异。

如果仅仅是乘车到枫丹白露城堡的大门，也许不会看到那里的森林，只有从枫丹白露宫的广场沿着森林大道，穿过笔直的路向着巴比松方向才能真正领略到枫丹白露的秋色，而这一段的路程较长，最好的选择是骑着自行车穿行于林荫小道。沿途，有参天的大树，经过深秋已经木叶枯黄，成为深褐色，散落在地上。刚才还是阴霾密布的天空忽然晴朗，地上的落叶在阳光的照射下像是铺上一层厚厚的金色地毯。累了，将自行车停在路边，当然是那些坑坑洼洼的地方最好，有人将这里称作"峡谷"，其实只是枫丹白露那里经过地质变迁而形成的一种特殊地貌。躺在落叶上，仰视着蓝天白云，环顾着丘壑森林，完全将身体交付给和煦的秋天，超然物外，远遁尘嚣，是何等的惬意。枫丹白露之美，并不完全是那些古堡与宫殿，而更在于它周围的环境。

　　到了巴比松，也许会有些失望，我印象中的巴比松，总是和《拾穗》《晚钟》等不朽的名作联系在一起，虽然与枫丹白露近在咫尺，但是巴比松画派与枫丹白露画派既产生于不同时代，风格上也是大相径庭。然而，今天的巴比松有些像我们的798或宋庄，小街上鳞次栉比的画廊中充满了商业气息，很难再寻觅到早期印象派的踪迹。小街倒还是宁静的，坐在米勒故居对面的咖啡馆门前，要上一杯清咖啡，望着米勒旧居白墙上爬满的红叶，会有些怅然若失的感觉，这就是今天的巴比松吧？

关于打火器的记忆

　　田家青先生的新作《取火——打火的历史和文化》即将出版了，他希望我为他这本著作写篇序言，于是将这本画册图文打样寄来给我看。说实话，这是我从未接触过的一个领域。拜读之后，最初的印象就是内容系统，设计和印制十分精美。同时更是长了不少知识。

　　从小知道钻木取火的故事，后来有了硫磺，取火就更为便捷了。我小时候一般人家都用火柴，俗称"洋火"。大抵只有讲究的吸烟人才会用打火机。虽然经过近百年的科技进步，打火机的构造和能源也几经变化，从使用煤油、汽油，到了今天的丁烷气体，但是"打火机"这个名字始终没有变化。

　　这本著作收录了近三百件自明代开始世界不同国家和民族的各式打火器，有制作精美的早期火镰，看外观已经从实用器物成为了难得的艺术品。集中了多种工艺，如盘银、錾铜、镶嵌、镀金、镀银等，可谓美不胜收。中国自明代开始，打火器不但有汉族出品，也有少数民族地区的出品。就世界范围来说，第一次世界大战以后，打火机的制造和工艺更有了长足的发展。而自第二次世界大战以后更是突飞猛进，其使用的便捷和造型的美观都与此前不可同日而语，甚至成为了男人不可或缺的奢侈品。在这本著作中，作者对打火器的发展脉络做了这样系统的梳理。

小时候，我的父亲是吸烟的，也用打火机。那时，北京城最讲究、最时髦的纸烟店当属东安市场北门内路东的豫康东。这家纸烟店不仅售卖最好的国产香烟，也包括当时不易见到的进口香烟，如三五、登喜路、黑猫、炮台、加力克等，还出售外国的各式烟斗和烟丝。当然，作为吸烟的附属品——打火机也是必不可少的。那时，中国自己还不能制作高级打火机，基本都是舶来品，来自世界不同的国家。那种很高级的打火机都带着精美的皮套或盒子，十分讲究。当然，也是价钱不菲的。此外，还有与之配套的火石、汽油以及维护保养打火机的一应工具。这些在豫康东都能找到，毫不费力。那些来自世界各地的打火机造型精美，于是，打火机不但是实用器物，也成了一种收藏品。

20世纪50年代，北京城收藏打火机的人不少，但是据我所知，天津八大家之一李典臣的公子李滋（原名李家滋）先生收藏最富。那时他在外国驻华使馆工作，后来隶属外交人员服务局，家住在东四头条。我家住在二条，近在咫尺。他

　　　　　　　　　留作他年记事珠

家收藏了两百来个打火机，我至今记忆犹新。但时至今天，收藏者已经很少，随着生活的简约化，那种使用火石和汽油的老式打火机已经很少见到，几乎所有的吸烟者使用的都是一元钱一个的一次性气体打火机，这种有关打火机的情趣也就基本消失了。

从近古时期的火镰到现代的打火机都不是收藏品中新的门类，其实是有着很长历史的。今天收藏打火机的人可能还有，但毕竟是个很小众的领域，而田家青的这本著作却为我们打开了一扇窗，让我们看到了一个很少为人关注的天地。

家青是有独特见地的收藏家，他的这部《取火——打火的历史和文化》可以说是别开生面，向人们展示了一个有趣的收藏领域。

家青比我小五岁，认识家青已有近二十年，但与他的渊源又远远不止于此。

早在20世纪70年代，他那时住海淀的石油学院大院，当时我的岳母受聘于石油学院办的英语班做教师，家青就是我岳母的学生。他在那时就表现出极强的求知欲，课堂上听不明白的，就到我岳母家里去请教，虽然我那时没有在家里见过他，但是他的勤奋好学给我岳母留下了深刻的印象。

后来，家青对古典家具产生了浓厚的兴趣，潜心于此数十年，早在20世纪80年代初，他就师从王世襄先生，可以说是为数不多真正得到王先生教诲指导的学生，也可算是唯一的入室弟子。后来，他终于撰写出《清代家具》一书，可以算是古典家具研究著作中的扛鼎之作。

家青是个非常勤奋好学的人，我在和畅老（王世襄）的接触中，多次听到畅老对家青的嘉许，甚至将家青作为他得力的助手。可以说，在几十年追随畅老的日子里，家青是受益最多的弟子。从眼力、鉴别、审美各个方面，畅老的学问都让家青心悦诚服。而在做人、修身等方面也使家青受益终身。家青不但勤奋好学，而且精力旺盛，动手能力很强。在畅老的栽培下，他还能自己动手，对残破的古典家具做了许多修复工作。我曾看到他和畅老两人在三伏天里，穿着背心对古典家具进行修复的照片，很难看出是老少两位收藏家，倒像是两个木工师傅在干活。后来，家青不但能对古典家具进行维修，甚至能自己动手设计清代风格的家具，他在这方面的聪明才智是很少有人能匹及的。

家青是个兴趣爱好非常宽泛的人，他懂音乐，会弹钢琴、拉手风琴，能亲手制作钢琴。他的集藏爱好不仅仅是古典家具，甚至旧汽车的收藏，他能自己动手拆装，整旧如新。他的卓识见解常常使他注意到一般人所注意不到的领域。家青如今也是年近古稀了，但是他永远有追求，永远不知疲倦，这点让我十分钦佩。

这本图册并非单纯地收藏辑录，同时也是人类使用工具取火的历史见证，是一种特殊工艺品的展示。为此，也向家青致以由衷的祝贺。

故人

瞿宣颖先生与《北京味儿》

今天，知道瞿宣颖（1894—1973）这个名字的人不是很多，其中原因有很多。我想，最主要的原因是瞿先生在文史和掌故学方面的著作大多都在20世纪的20年代到40年代，50年代以后，他的著述相对就少多了。尤其是他晚年在上海，因此北京的读者对他并不太熟悉。晚年瞿先生多以字（兑之）行于世。

瞿宣颖的祖籍是湖南善化，即今湖南长沙。他的父亲是晚清的内阁大学士、军机大臣瞿鸿禨，向以为官清正廉洁著称，后来与主政的庆亲王奕劻不睦，又受到袁世凯的排挤，于是返乡与王闿运唱和。辛亥革命后迁居上海。

瞿宣颖是瞿鸿禨的第四子，除了幼承家学，有深厚的旧学基础外，他的新式教育也是在上海完成的，是上海复旦大学的早期毕业生。在北京政府时期，他做过国务院的秘书、国史编纂处处长。后来也曾在南开、清华、燕京、辅仁等大学任教。

瞿先生精于古文、诗词，也擅长书画。近年来，他的书画作品也经常见于各地的拍卖会。瞿家父子两代与我家也算是世

瞿宣颖

留作他年记事珠

交，我的外祖父毓霖公与瞿宣颖也有往还。至今，我还存有瞿先生为我外祖父画的梅花，骨干花枝遒劲清雅，颇见功力。瞿先生除了精研史学和古典文学，著有《中国骈文概论》等，更于方志、典故之学多有关注，他曾与傅振伦、王重民等发起编纂《河北通志》，也有《同光间燕都掌故辑略》和《中国社会史料丛钞》《北平史表长编》等著作。我在20世纪90年代参与整理和编辑出版《北京市志稿》时，也见到瞿先生主笔撰写的其中《前事志》部分手稿。

瞿宣颖自1920年进入北京政府任职到1946年离开北京定居上海的二十余年时间，都是在北京度过的，而居住的地点大多没有离开过东城，这些地方也都是我所熟悉的。后来他曾买下东城弓弦胡同麟庆的旧宅——半亩园，在此居住的时间最长。由于他的家世和学问，与当时的北京耆旧学人往来频繁，如傅增湘、俞陛云、周肇祥、郭则沄、柯昌泗、刘盼遂、吴廷燮、夏孙桐、陈垣、夏仁虎、溥儒、李释堪、徐一士、黄孝纾等。与当时北京诗坛画界和民俗掌故学人多有交集，成了半亩园中经常聚会的师友。由于近半生居住在北京，所以熟悉北京风物，对北京的史地民俗极为关注，对于北京有着深厚的感情。

北平沦陷时期，瞿宣颖曾一度出任"国立编译馆馆长"，这成了他一生中的污点。故晚年以兑之行世，并署"蜕""蜕园"，也有重作新人之意。他后来仍然做了不少古代文史整理的有益工作，还被推荐为上海市政协委员。

对于瞿宣颖或瞿兑之这个名字我倒是从小比较熟悉的，因为读过不少他关于史地掌故方面的著作，颇为受益，在许多同期的学人著作中他的名字也比比可见，只是我那时还不太明白他后半生落寞的原因。

最近由北京出版集团编辑出版了瞿宣颖的《北京味儿》一书，书后有侯磊先生的一篇"代后记"，即《瞿宣颖与北京：一位民国"史官"的居京日常》。我认为这篇文章对瞿宣颖作了十分全面的介绍，评价也是比较客观公允的，因此不想在此对瞿先生的学问和生平再作更多的赘述。不过还是可以就这本书，谈谈自己的体会。

《北京味儿》收录了瞿宣颖关于北京历史人文、风物、掌故、建筑、人物、教育乃至于市井社会生活的几十篇文章，大多是辑自当时的报纸杂志，都是散见各处而从未结集出版的文章，可谓零金碎玉。这些文章虽然风格与行文有异，但绝非市井耳食之言，而是具有很高的学术价值的。

例如《北游录话》，原载于《宇宙风》杂志，分十篇写完，全文采用他与刘麟生之间的对话形式，轻松自然，而又站在一个对于北京陌生的角度提出问题并作解答，阐述个人的看法，引证史料，娓娓道来，这在此类文字中是十分少见的，读来有种很亲切的感觉。

《最近的北平教育》是篇很短的文字，但是对于1928年迁都后，当时北平的大学状况乃至于招生的良莠、生源的状况和会考制度都有独到的见解。这样的文字虽然与"北京味儿"并没有直接的关联，却很客观地反映了那个时代的教育状况。

《京官生活回忆》一文虽在《子曰》杂志发表较晚，也是他离开北京后的作品，但基本是他在北京生活二十几年的深刻体会，十分生动地描述了民国时代北京一个社会阶层的生活状态，完全是真实可信的材料。远比后来人揣摩那个时代的生活的描述要可信得多。

《北京味儿》一文大多是讲北京饮食的，这在瞿氏的文章中可谓是闲来之笔，完全以白描的笔法散论北京餐馆与小吃的文字，却言之有物，对于不同的社会阶层都有讲述，对于北京餐饮受到的各地影响也有客观的评价。

这本《北京味儿》的后半部大多关于北京的市井民俗与风景名胜。

瞿宣颖先生虽然生活在北京的上层社会，但是对于市井民俗也很熟悉，当时像陈宗蕃、张次溪、高伯雨这样致力于市井民俗和掌故轶闻的作家也都向他请教，或著作请他作序。《北京味儿》一书中这样的文字，在他的著作中应属"小道"，并不占有很高的位置，但是也应有一席之地。瞿先生在这类文字中虽然多是泛泛之谈，但也十分亲切，很少"掉书袋"，都是娓娓道来，虽然多不能作为引证的依据，却也能让人有身临其境的体味。

感谢北京出版集团编辑出版了《北京味儿》一书，一是将瞿先生散落在许多报纸杂志中关于北京的文字辑于一书，得以流传后世；二是为北京史地民俗、社会生活研究提供了一部有益的资料，可供参考。确实是功德无量的。

辛丑正月赵珩于彀外书屋

留作他年记事珠

半生心力傍梅边

——我所知道的许姬传先生

还是在20世纪50年代，当我开始读梅兰芳先生《舞台生活四十年》第一、二辑的时候，就熟悉了许姬传这个名字，加上后来出版的第三辑《舞台生活四十年》，上面都有许先生的名字。因为从小喜欢戏曲，所以这部记录梅先生生平与舞台艺术的著作，是我从小反复阅读的书。

直到1987年我在上海拜访黄裳先生，才更多地了解到《舞台生活四十年》成书的往事。应该说，《舞台生活四十年》的出版，与黄裳先生有着直接关系。《舞台生活四十年》最早在《文艺报》连载，后来辑成第一、二辑正式出版，都是梅先生口述，许姬传记录后，由许姬传和堂兄许源来共同整理，后来许源来去世，第三辑则是由许姬传先生与朱家溍先生共同整理的。但由中国戏剧出版社出版的封面上仅书"梅兰芳述，许姬传记"。

第一次见到许姬传先生是在1961年8月。那时许先生六十一岁，我只有十三岁。

我家与梅家是世交，我的七祖父赵世基（字穗生，号介卿）与祖父赵世泽（字叔彦，号拙存）早年都与梅先生有很多交往，全家都是"梅党"。我从小就见过一张很大的照片，是我的伯祖父与祖父还有两位祖母，以及梅兰芳先生、冯耿光（幼伟）先生、李宣倜（释堪）先生以及姜妙香、姚玉芙等八九个人在北京西山歇伏时的合影。后来先伯祖在20世纪20年代末就去世了，梅先生在20世纪40年代以后长居上海，加上先祖1950年去世，两家来往就很少了。1961年梅先生突然去世，几天后在首都剧场开吊，当然是必须去的，我是随着两位祖母到首都剧场大厅参加那次盛大吊唁活动的。

　　梅先生当时是土葬，遗体用棺木盛殓，就停放在首都剧场的大厅里，棺木停放在大厅中央，鲜花翠柏环绕，那时还不兴绕遗体一周的仪式，吊唁的人仅是从棺木前缓缓经过行礼。即便如此我也有些害怕，甚至不敢上前瞻仰。那天是陈毅主持，齐燕铭致悼词。几千人挤满了整个首都剧场大厅和广场，就连王府大街上也是水泄不通，万头攒动，我还深刻地记得在首都剧场内外哭声一片。据说那天棺椁起灵后经过长安街，送葬的人群占满了街道两侧，场面之盛大，记忆犹新，恍如昨日，由此也可见梅兰芳先生在人们心中的地位。那天梅家人都身穿重孝，我也不大认识都是谁。在家属群里，有一位身材矮小，非常瘦弱，还有些驼背的人，戴着黑框眼镜，腰围大抵不到二尺，似乎一阵风就能刮倒的样子。家里人告诉我，他就是许姬

传 [据说，当时梅剧团里有几位出名的瘦人，好像有那时的葆玖（梅兰芳第九子）、琴师姜凤山等，其中也有许先生]。这也是我第一次见到许姬传先生的印象。梅先生去世后，许先生的主要工作还是整理梅先生生前资料，修订回忆录，仍然居住在护国寺街的房子里。

许姬传祖籍浙江海宁，因为父亲在外做官，从小随祖父在杭州长大。海宁许家也是诗礼之家，祖父许湉祥（字子颂，晚号狷叟）是清末文学家和戏曲家，著有《狷叟诗录》。

他的外祖父徐致靖更为著名，是光绪时进士。戊戌年曾向朝廷举荐了康有为、梁启超、谭嗣同、黄遵宪、张元济等人，并在百日维新中受命为礼部侍郎。戊戌变法失败后，家人以为与谭嗣同等一样，是必死无疑的，于是预备了棺木在菜市口等候，彼时长子徐仁铸正从湖南赶来而未到，次子徐仁镜已经晕厥，只有侄子徐仁铨等在法场等候。但最后仅见以谭嗣同为首的六辆囚车推出，始终未见徐致靖绑赴刑场。据许姬传后来的回忆，大概是李鸿章向荣禄"重托"，才将"斩立决"改判为革职"斩监候"囚禁。于是，本来可能成为"戊戌七君子"的徐致靖，总算是保全了性命，直到庚子事变后才获准出狱，后于1917年去世。

许姬传的舅舅徐仁铸（徐致靖之子）和徐仁镜也都是进士出身，当时有"一门三翰林"之称，即是指徐家父子。徐仁铸很年轻就出任湖南学政，当时是有名的"维新四公子"之一，其他三位则是谭嗣同、陈三立和陶葆廉。其实，倒是他最早向徐致靖推荐康梁等人，但是后来遭到叶德辉、王先谦等攻击，又见后党势盛，于是一再为自己曾赞同维新而开脱，戊戌失败后仅是以"招引奸邪"论罪，处以革职而已。不过他的寿数不济，在徐致靖出狱那年就先于乃父而终，仅活了三十七岁。这一年，许姬传出生。

他的另一位舅舅徐仁镜，是光绪恩科进士，改庶吉士，散馆授翰林院编修，戊戌变法时倒是没有受到太大牵连，后以书画自娱。不过也没活过乃父，1915年先于徐致靖去世。

徐氏是江苏宜兴的望族，因此许先生的"仁"字辈堂房舅父中更有近代著名掌故大家徐仁锦（徐凌霄）和徐仁钰（徐一士），虽是舅父辈，但仅比许先生年长十几岁。

许姬传从小在外祖徐致靖身边读书，旧学功底深厚，除了经史诗文之外，更擅吹笛顾曲。民国后，许家家道中落，外祖去世，他二十岁时就北上天津，任银行文书和财政厅秘书。间或往来于上海、杭州，并于1916年十六岁时就与梅兰芳初识于杭州。除了奔波于生计外，一直没有间断曲会活动，吹笛拍曲之外，也唱皮黄老生和昆曲冠生。

因此，有这样的家世背景和学识，加上民国时期往来于社会贤达、闻人耆旧之间的经历，不能不说是后来到梅兰芳身边协助整理资料和秘书工作的最佳人选了。

我真正接触许姬传先生是在1985年的秋天。

1985年，我弃医从文，调到北京燕山出版社工作。当时调入的目的是要我筹办一本叫《收藏家》的刊物，但是刊号又一时拿不下来。彼时出版社刚办了一本名叫《燕都》的刊物，宗旨是讲述北京的名胜古迹、风土民俗、旧京掌故、文化往事、故人耆旧、梨园佳话、厂肆文玩等，很受社会读者瞩目。我到燕山社时已经出了两期。于是就让我和另一位谙熟此类内容的同事海波先生（比我小两岁，已故）从第三期接手，负责这个刊物编辑部的工作。那位海先生也是这方面难得的人才，不但有些旧学根底，也熟悉北京文脉，更酷爱皮黄，同时与梨园界有些交往，还与港台文化界有些联系。那时他也给香港沈苇窗的《大成》撰稿，每期《大成》都按月寄来。

彼时在世的文坛耆旧还有不少，又逢改革开放，百废待兴，有了这个园地，稿源是绝对不成问题的。如当时有俞平伯、钟敬文、周祖谟、侯仁之、单士元、傅振伦、邓广铭、周一良、吴良镛、吴祖光、吴晓铃、朱家溍、王世襄、周绍良、刘叶秋、史树青、翁偶虹、刘曾复、张中行、汪曾祺、金寄水、许大龄、吴小如、金启琮、胡絜青、雷梦水、吴宗祜、潘侠风、石继昌以及上海的陈声聪、郑逸梅、陈从周、邓云乡、金云臻等许多前辈学人。在今天的年轻编辑看来，这是何等豪华的阵容？不过在那时，其中不少还属于"自然来稿"呢。

那时与作者的联系大多是我与海波互相商量，有他更为熟悉的作者如吴晓铃、史树青、金寄水等，那就他去得多些，也有我熟悉的作者如朱家溍、王世襄、周绍良等，我去得就多些。

在我接收的一些稿件中，就有几篇许姬传先生的来稿。在那个年代，没有电子版，所有的来稿都是手书的，有的老先生用稿纸还算好，有的就是在普通白纸上手书。许姬传先生的来稿虽是写在稿纸上，但写的是极小的字，歪歪扭扭，极难辨认。看他一篇来稿，虽然字数不多，但是看起来十分费劲，有些字到最后还是弄不明白。更兼他岁数大了，对现代汉语的文理有的也不甚明了，甚至颠三倒四，口语与文言互见，段落和标点也不清楚。

看到许先生的来稿，我本以为谈的多是戏曲。但是恰恰相反，谈戏曲与梅兰芳的文章居然一篇都没有，四五篇稿子中，除了一篇讲他初到北京的旧事，其他都是关于他外祖父徐致靖与两位舅父徐仁铸与徐仁镜的。他那篇初到北京的稿子在《燕都》第二期已经刊用了，里面的文字也不甚通顺，而且有的内容也似乎文不对题。因此很想就这几篇稿子当面向他请教。这才有了去拜访他的念头。

自从梅先生去世后，梅夫人福芝芳因为触景生情，就不愿再居住在西城护国寺街1号（现为9号）的房子了，于是搬到和平门内旧帘子胡同去住，那是梅先生在世时买的一处产业，在胡同路北，房子不算太大。而许先生则在梅兰芳纪念馆建成后，一直住在护国寺街，也算是典守着梅先生的旧居罢。

这样一直居住到"文化大革命"。许先生后来短暂住在东四八条，"文革"后期住在张自忠路。这一段的生活我虽然没有接触到，但是还比较了解，从朱家溍先生和几位曲社同人那里都听说过。那时虽然大家经济上还都不宽裕，但是苦中作乐，几位朋友还能在彼时常相聚，高兴了拍拍曲子，虽不敢大张旗鼓，倒也能浅吟低唱。这在那个年代里，就如同上海陈声聪先生在襄阳南路的兼与阁，还能经常有些不为人知的诗社活动一样。那时常去的有朱季黄先生、仁和许家姐妹、梅先生的女弟子邹慧兰、曲家叶仰曦先生等。王畅安先生也去，时常买了活鱼，自带作料去做上一顿美味。

1976年夏，唐山大地震发生，北京的房子虽然没有太大破坏，但是有些老旧房屋也出现了危情。于是也有很多人在院子里搭建"地震篷"。

在熟悉的人们中，大家都以"梅大奶奶"称呼梅夫人福芝芳。梅大奶奶为人厚道也是众所周知的。一是将马连良夫人陈慧琏从和平里逼仄的简易楼里接到旧帘子胡同居住，一是1976年地震后，马上就让外孙范梅强去张自忠路接回了年迈的许先生，这两件事都为人称道。其实，在那个特殊年代里，类似的事还有很多，逆境中六亲同运，彼此间的关爱和帮助是不胜枚举的。

1980年梅大奶奶去世，那所房子只剩下绍武和葆玥两家

（葆玖住在东城干面胡同），梅家人对许先生十分尊重，仍留许先生继续住在那里，北面上房是共用的客厅，但是在客厅的一侧，隔出了许先生的卧室。我记不得我去的时候绍武夫妇是不是已经搬到了西便门。（绍武在西便门的家我去过几次，是两套单元房。绍武夫妇我比较熟悉，是因有多重关系，一是绍武夫妇都是北大赵萝蕤教授的高足，赵萝蕤又是陈梦家的夫人。二是绍武太太屠珍的父亲是京津有名的工商业家屠启龄，也是我两位祖母的朋友，但是与葆玥并不熟悉。）

梅家的客厅进深好像比护国寺街那所房子略深，迎门正中是一组老式沙发，中间是个三人大沙发，两侧各有一张单人沙发。许先生总是坐在左侧的一张单人沙发上，那时他已经八十五岁，所以来客也仅是点头寒暄，并不起立。我说明来意，就坐在中间那张长沙发靠近他的一头。与我在1961年梅先生追悼会上见到的许先生相比，相差是悬殊了，好像整个人又缩小了一圈，背驼得更厉害，十分龙钟衰老，耳朵还有很厉害的重听，所以谈起话来不免有些费劲。

不过，令我惊奇的是他的记忆力十分好。有些事连具体的年代记得都很清楚，只不过表达起来有点迟钝。那种老式沙发好像有很宽的木头扶手，他对我关于稿子上的问题都凭借着那个扶手当成桌子修改。我们的话题自然是从他写的戊戌变法谈起。虽然那时距离他出生还有两年，但是都是从其外祖父徐致靖那里听来的第一手材料。不要说是"戊戌六君子"，就是"康梁"二人也是徐致靖的举荐，因此探讨戊戌变法，张荫桓和徐致靖两人是无法回避的。许姬传在徐致靖膝下成长到十七岁。徐一直是具有新思想的人，晚年自号"仅叟"，也是不忘戊戌一案，以仅存的一人自诩。耳濡目染，许先生不但对这段历史如数家珍，还于1914年前后在杭州亲历了外祖父与康有为和梁启超的先后会面。虽然那时他仅十四岁，但谈起这段经历，甚至是康有为与梁启超的形态、服装，如何彼此抱头痛哭的样子，许先生都描述得极其生动。

他对我提出的问题都一一解答，对不通的句子也做了改正，不清楚的字也重新标注。当然，在此期间对于晚清的一些历史人物和科场、官场、仪节、制度也都会有所涉及。他觉得我对这段历史较熟悉，能和他顺利交流，于是，在谈完文稿之后，许先生就很自然地问起我的家世背景。

我对他的问话，都一一作答。因为我对他文稿中涉及的许多耆旧、往事都较为清楚，所以他对我的态度有了很大改变，已经超乎编者与作者之间的关系。尤其是了解到我家与梅家的关系，更是十分兴奋。

他突然问道："有位赵七爷是你什么人？"

我说，是我七伯祖父。他又说："令曾祖和令曾伯祖是近代大名人啊，你们是哪一房？"

当我都如实回答后，他说："令祖赵九爷我不太知道，但是这位赵七爷，自从我到梅大爷身边，就老是听他提到，还叹息去世太早。从前梅大爷身边有'冯六赵七'之称，冯，自然是冯六爷冯耿光（幼伟）了，那么赵，自然就是赵七爷赵世基了。"

我回答："是的，那应该是30年代以前的事了，因为我的七祖父20年代末就去世了"。

我很清楚，许姬传先生真正到梅先生身边工作，应该是在20世纪40年代的抗战后期，也就是梅先生住在上海马斯南路的时期，相对来说时间是比较晚的，许多20世纪20年代的旧事，许先生并不清楚。有些生活中的往事都是后二十年中陆续听梅先生说的。

那次，是我初到旧帝子胡同，临走时，我希望他能多写些梅先生的往事和梨园旧闻，许先生欣然同意。

此后，许先生那里我就经常去了，一聊就是一两个小时，毕竟是八十五岁的老人，我怕他疲倦，不忍多打扰他，常常主动起身告辞。但是许先生精神很好，一聊到戏，总有谈不完的话题。好在平日的下午很少有其他客人，只有葆玥或其他家里人不时出出入入拿些东西什么的，也从来不参与我们之间交谈。

在以后的日子里，我和许先生聊得最多的是关于戏的题目，而那几篇关于徐致靖和其他几位舅舅（包括徐凌霄和徐一士）的文章，我也陆陆续续地给他发表在刊物上了。许先生的文章大多都很短，占不了多少版面。

许先生1968年被迫从居住了十八年的护国寺街1号搬出后，就住在张自忠路的中国京剧院宿舍两间小南房里。他听说我办公的地点就在府学胡同三十六号，而且知道我们办公的院子就是明末崇祯田妃父亲田畹的宅邸，要比他们那个院子好多了，但是原来也是一体的建筑。他颇有兴趣地问我后来的使用情况，我告诉他清代这里曾是兵部尚书志和的宅邸，后来又当过什么神学院，更多的我也说不出来了。

我知道许先生早年曾拜戏曲音乐家陈彦衡为师，陈是四川宜宾人，虽出身宦门，但从少年时代起就在外漂泊，对皮黄老生唱腔有极深的研究和造诣。许先生大约二十岁时就拜陈彦衡为师，深得陈的教诲。许先生对我说，他没能赶上谭老板的明场演出，但是听陈老师讲述，当年梅兰芳的伯父梅雨田给谭老板操琴，陈又经梅雨田的关系结识了谭老板，甚至给谭老板拉了几出戏的唱段，深得谭的赞赏。可以说对谭腔理解和衬托之到位，在梅雨田后没有第二人。

我问许先生说，我从小听过不少王又宸的唱片，高亭、百代、蓓开、物克多各公司灌的，家里都有，王是谭老板的女婿，因此王的唱段会不会有陈彦衡操琴？许先生摆摆手说，那是不会的，谭老板去世后，陈老师潜心研究谭派唱腔，是不会轻易给谁操琴的。但是王又宸确也得到过陈彦衡的指导，后来的学谭派者，就算是余叔岩也是师从陈彦衡老师学习谭派唱腔。他说，孟小冬也在陈老师的指导下学习谭派唱腔，以至于后来拜了余叔岩，也完全是有在陈的指导下学谭的基础，于是学余叔岩才能游刃有余。

许先生那日临走送给我一篇他写的纪念陈彦衡的文章。拜读之后十分钦佩许先生对于皮黄伴奏的真知灼见。他认为，陈彦衡老师的伴奏是平正大方、圆健浑脱，格局高而韵味醇，绝不标新立异，而是处处与剧情吻合，于平淡中将谭腔烘托得丝丝入扣，神趣盎然。这些议论确是方家之谈。

许先生和我提到他早年在天津时，曾听过几次"后三鼎甲"之一的孙菊仙的戏，开始并不觉得有多好，孙晚年已经基本息影舞台，很少彩唱了，他听的孙菊仙多是在陈彦衡那里的清唱。据我所知，孙菊仙流传于世的唱片多有争议，我小的时候，早年的"蜡筒"已经基本绝迹，胶木唱片灌制的孙菊仙唱段也极其鲜见，因此对孙很有兴趣。于是不断追问许先生，孙菊仙唱得究竟如何？

许先生告诉我，他那时初听这位被天津人尊称为"老乡亲"的孙菊仙也很不习惯，孙的唱腔虽然咬字清楚，但是似乎缺乏韵味，装饰委婉之音很少。但是听过几次之后，感觉就截然不同了，可谓是生行中的黄钟大吕。有一次孙唱完《桑园寄子》之后，在座的观众觉得还不过瘾，于是孙又唱了一段《完璧归赵》，虽然开始的导板有腔无调，但是唱到最后的"学一个奇男子万古留名"时，却是声如裂帛，犹如石破天惊，从此后完全转变了对孙菊仙的印象。这些叙述，不要说是在今天，就是在20世纪80年代中期，在世的人中有几人亲耳聆听过孙菊仙的演唱，且能有如此精辟的见解呢？

我们的谈话却很少涉及梅先生，因为我知道许先生对梅先生的感情，尤其是在梅家，触景生情，会引起老人的情绪波动。大凡涉及梅先生的也多是些闲话。

某次我们不知怎么聊起往来于梅宅和我家的一位私人医生，名叫郑和先，我家他常来，梅先生和梅家人有些小病也都请他，许先生对他也十分熟悉。那次我刚一提到郑和先，许先生突然向我举起一只手，张开五个手指，我一时还真的不明白他的意思，他也不说话，一直张着五个手指头。我后来猛然回过味儿来，问道："出诊费五块钱？"许先生笑着点点头。这个动作大概只有我们两人心领神会。这位郑和先大夫的派头极大，是留学日本的医生，早年在北大当校医时，北京大学只有三个人有汽车，那就是校长蒋梦麟、教务长胡适，第三个有汽车的就是他了。后来离开北大，私人开业，专门行走于北京的某些人家，我家和梅家都是请他的。那时，私人西医的出诊费（当时叫出马费），如吴阶平的哥哥吴瑞平，协和教授陆观仁这样的名医，不过三块钱，但是这位郑和先大夫的出马费却要五块，五块在当时是什么概念？可想而知。

我告诉许先生我小时候非常怕他，倒不是小孩子怕医生的心理，而是他的样子太可怕，矮小的个子，瘦得不得了，深深的眼窝，鹰钩鼻子。许先生也是这样的印象，不过，他的一句话逗得我一口茶都从嘴里喷了出来。许先生在说到郑和先体貌时，突然说道："他太瘦了，比我都要瘦许多啊。"其实两人真是相差不多，只不过许先生可能比他略高一点点罢了。

我们也谈到郑和先家的肉松做得好吃，这位郑和先的太太也是福建人，肉松确实做得好。他经常在到这些人家看病时，还捎带卖肉松，也算是奇事了。许先生说："梅大爷就是喜欢他家的肉松，喝粥的时候总要就一点吃。"后来，我在《老饕漫笔》中写进了我与许先生的这段关于"郑宅肉松"的谈话。

我常去旧帘子胡同和许先生聊天的日子大约是1985年到1986年之间，很多谈话内容都很有史料价值，可惜一是那时没有今天这样的条件，二是也没有动过那样的心思，不然，将这些记录下来，会是很有价值的戏曲史料和社会生活史料。许先生晚年辑成了两本回忆录，一是《许姬传七十年见闻录》，一是《许姬传艺坛漫录》，两本书都是由中华书局出版的。前者成书于1985年，后者出版于1994年。第二本出版时，许姬传先生已经去世四年多了。

许先生开始与梅先生合作整理回忆录的时间，据许先生自己说开始于20世纪30年代，不过，他真正到梅先生身边工作应该是20世纪40年代初。从此，许先生与梅兰芳先生几乎形影不离，一直追随在梅兰芳先生的身边。也就是从那个时候开始，许先生基本生活在梅家，成了梅家不可缺少的成员。直到梅先生去世后的近三十年，他也始终以整理梅兰芳艺术和生活史料为己任，这在戏曲史甚至是文化史上不能不说是一段佳话。在许姬传九十年的生命中，有整整一半时间是在梅家度过的，在我与许姬传先生的接触中，深深体会到他们之间的友谊和他对梅兰芳的感情，也了解了许先生对近代社会生活与历史人文掌故的熟悉。像他这样的人今天再也找不到了。

有关巢章甫先生二三事

近年来，津门金石书画家巢章甫（1910—1954，号一藏，又号海天楼主）先生的作品不断出现在各地的拍卖会上，对于许多藏家来说，巢章甫这个名字是有些陌生的。后来也有些文章中提到巢章甫，尤其提到他是张大千的大弟子，在张门弟子中向有"大师兄"之称，所以才引起近当代书画藏家的注意。

巢章甫先生是江苏武进人，武进也就是今天的江苏常州。巢姓的人不多，而在常州的巢姓还是有的，可以说常州是巢姓的比较聚集的地区。不久前当地有人重修《武进巢氏宗谱》，据说是根据清道光十七年（1837）敬爱堂活字印本的六修本延续修撰，起源在北宋政和年间巢氏定居于江苏武进，最早是为了避西晋永嘉之乱，顺江而下，到了今天的常州江阴一带。更有不可考的说法，说巢姓是旧石器早期"有巢氏"的后裔，有巢氏起源于今天的安徽巢湖，距今已有两万多年。巢湖距离常州江阴不太远，如果说从巢湖顺长江而下到了常州，从道理上也是说得通的。但是所谓的有巢氏，如同旧石器时代晚期的"燧

　　　　　　　　　留作他年记事珠

人氏"等，都是后人在远古分期上起的名字，说这个族群自己定为巢姓，就过于牵强了。因此姑妄言之，姑妄听之罢了。据说今天的巢湖地区，在人口普查时，并无一人姓巢。

巢章甫先生出身于武进世家，后来才客居于天津。因此，他的短暂一生中大部分时间都是在天津度过的。

从关系辈分而言，巢章甫先生是我的姨公，他的夫人和我的外婆都是嘉兴钱氏。嘉兴钱氏是几百年来的江南望族，祖先可以追溯到钱镠，大体可以分为嘉兴钱氏和无锡钱氏两个支脉。她们这一支即是嘉兴钱氏，从清乾隆的钱陈群以后的谱系都是十分清楚的。2019年我在参加上海书展后，承嘉兴邵嘉平先生相邀，去了嘉兴参观。在嘉兴的钱氏清芬堂纪念馆得到馆长钱霆父子的热情接待。"清芬世守"是乾隆为名臣钱陈群之母、女画家陈书亲笔题写，后来钱氏的大宅中就以清芬堂为名。

我的外婆是钱锦孙之女，名钱韵华。而巢章甫的夫人名钱印，字竟罩，是我外婆的堂房姊妹，在清芬堂的家族世系表是后来编制的，不论男女，只要是钱氏子孙均有列名，因此我外婆和钱印的名字都能看到。

巢章甫先生生于诗礼之家，幼承家学，通书画和金石篆刻，前辈也是武进收藏家，自幼博闻多见，擅作山水松竹，也精于鉴赏和书画收藏。早在20世纪30、40年代就已经蜚声津门了。20世纪30年代，巢章甫先生折服大风堂，拜在张大千门下，后师事大千先生十数年，许多人都认为巢章甫是大千先生的秘书兼掌印。1945年张大千住在北京颐和园，也是巢章甫随侍左右。某日昆明湖上大雪，大千先生兴致勃发，欣然命笔，作自画像一幅，以赠巢章甫，上款署"章甫仁弟"，下落"兄爱"。后来巢章甫请溥心畬题五言绝句一首，以作拱璧，也可见师徒二人的情谊。那时，大千先生的应答书信也多由巢章甫代笔，即使大千先生的许多书画作品也都是由巢代为钤红的。

在金石篆刻方面，巢公师事向仲坚、寿石工，也可算是寿石工的大弟子之一，当时的名气已在吴迪生、张牧石之上。他能作甲骨文，早年津门为赈济水灾义卖，就曾有他义卖的甲骨文书法作品，功力道劲。他曾与甲骨文专家陈邦怀往来研讨，因此其甲骨文书法非一般书家能及。当年于非厂先生在评论津门书画家时，认为彼时大风堂弟子中精于鉴赏，通书画金石之最优秀者非巢章甫莫属。

当年，巢章甫与京津沪的艺术家有很多来往，由于他精于鉴赏，与在天津的大收藏家张叔诚、韩慎先、周叔弢等家里都有来往。2015年中华书局出版了《百年斯文》一书后，举办了两场与读者见面的活动，一次在上海，是我和福建螺洲陈宝琛的后人陈绛先生，一次是在北京，是我和安徽东至周馥的后人周景良先生。记得北京活动后晚餐时，景良先生谈兴大发，曾和我谈到他父亲弢翁与袁寒云等人的往来，最后说到了巢章甫，说巢章甫曾为弢翁篆刻过藏书印，此外还有方地山和李琴盫等。并说巢章甫的金石篆刻极好，深为弢翁赞许。上海的许

巢章甫手书扇面

多书画家与文化人也多与巢章甫有来往，郑逸梅在他的书中就曾几次提到他与巢章甫交换所藏书札的事。

京津在咫尺之间，巢章甫彼时经常往来于京津之间，与京中书画家、收藏家多有来往。例如陈半丁、徐石雪等，尤其与石雪居士徐宗浩友善，他们都是江苏常州武进人，有同乡之谊，故相交甚笃。他曾在《天津民国晚报》上撰写关于当代书画篆刻家的文章达二百余篇，涉及京津沪书画名家多人，直到2008年才由女儿星初夫妇和师门好友整理成《海天楼艺话》一书，从目前能收集到的文章不难看出，他对当时各家的评论都十分精辟中肯，但是绝少臧否人物，也足见巢章甫为人端方厚道。

巢章甫每次来京，多数住在我外公的家里。他的夫人钱印，我称印姨婆，虽然与我外婆是堂姊妹，但来往是很多的，我母亲称她"印姨"。凡是家里一些婚丧嫁娶之类的大型活动，印姨婆一家多从天津赶来，每次巢章甫也会一同前来。20世纪30、40年代我外公租住原北洋政府总长周自齐的弘通观住宅（先外祖从不置产，一直在京租住周自齐的大宅子，就是在周去世后也仍然住在那里），宅子很大，几进的院子，而周的姨太太一直住在隔壁的小楼中，按时收取房租。因为家里宽绰，房屋也多，因此巢章甫先生一家都经常来小住。他的女儿每年放暑假也来弘通观过假期，与我母亲的兄弟姐妹常在一起玩耍。

留作他年记事珠

章甫先生身材修长，温文尔雅，可谓是一表人才。我家存有他一幅20世纪40年代末的照片，是为我外婆的舅母汪太夫人庆寿，在家中院子里的合影。人很多，我的母亲兄弟姐妹都在场，最后一排站着的即是我的外公王泽民先生与巢章甫。巢身着长衫，戴着眼镜，十分潇洒。我小时候也经常去弘通观，从道理上说是应该见过他的，只是太小没有印象。不过我经常听母亲提到"印姨夫"，母亲从小学画，曾师从徐北汀，临摹吴观岱，每次巢章甫小住弘通观，母亲也能得到他的指点，这是母亲说起过的。因为巢公擅金石，因此与北京的金石篆刻名家也多有过从，例如北京金禹民，就是他介绍给我母亲的，因此母亲的几方用印都是金禹民所篆。

　　巢章甫与夫人钱印生有三女，长女巢菊初，幼年从乃父学习绘画，在天津名校耀华中学毕业，后就读于北平艺专。1949年北平解放后，思想进步，进入华北革大，参加革命，后到山西工作。因精通俄文，在太原参与中俄友好工作，后又为抗美援朝山西分会秘书，积极从事抗美援朝工作。她的丈夫刘纬毅是闻名山西的方志学家，两人相濡以沫六十年，巢菊初因车祸伤残，后数十年内都得到先生的照顾。菊初自定居于山西后，从此与家中往来较少，后享受离休待遇，于2016年在太原病逝。巢菊初是姐妹中唯一受到其父指导的，她的绘画作品也曾参加过几次美术展览。

　　次女名荣初（乳名小早），三女星初（乳名阿咪），我都认识。尤其是去岁星初小姨听说我想写一篇关于巢章甫的小文，特别高兴，在微信中还与我联系，并说到他们夫妇与吕凤仪、方惠君整理《海天楼艺话》的事。不料就在今年的旧历正月初六，星初小姨也病逝了。次女荣初我仅见过两次，不太熟悉，至今健在。

1949年后，巢章甫将家里的四十余间房屋悉数捐献给国家，仍安于绘事，生活平静，也常往来于京津之间。直到1954年突发心脏病猝然离世，终年仅四十四岁。正是因为他的过早离世，巢章甫的名字多不为人知，其绘画作品也没有得到足够的重视。据说他收藏汉印数百方，皆为传世精品，并藏北宋铁泉二百多枚，亦多为罕见者，后不知流落何所。他的书画作品直到近年才出现在各地的拍卖会上，不能不说是件很遗憾的事。近见网上刊出巢章甫的书画作品多幅，可谓极见功力，书法篆刻也令人折服。

在2020年10月，中国书店邃雅斋经理刘易臣来访，闲谈中聊起津门和书画家巢章甫先生，易臣说有一函藏家放在他那里的游记，前面有巢章甫的题跋，只是不知游记的作者系何人？我问他游记作者的姓名，他说叫王泽民，遍查其人，仅知道曾出版过一本《房山游记汇编》，由傅增湘题签，其他就没有材料了。我于是告诉他，这位王泽民就是我的外祖父，名毓霖，字泽民，1940年中期以后以字行。易臣也很兴奋，说过天拿来给我看。几天后，易臣果然携来，是线装一函三册，品相完好无损，正是先外祖故物。内文为手写，但是我不能判断是否是先外祖手书。

先外祖名王毓霖，字泽民，江苏淮阴人，曾做过民国财政部库藏司司长，早年曾创办保商银行，1940年中期以后任交通银行执行董事，是一位银行家。20世纪30年代到40年代与京中许多书画家往来很多，也曾与傅增湘先生一起考察房山山水。齐白石曾为他治印。但他很少有著述，不见经传，所以查不到他的名字。

翻阅拜读后，了解到这是他在抗战胜利后的1947年从香港归来，同年10月26日从上海乘飞机出发，经南京、武汉抵达重庆沙坪坝机场后，转换铁路、公路开始的西南考察之行，历时数月，详细记录了在四川、云贵等地的闻见。1948年（戊子）冬，外祖自上海北返，路过天津，将此游记留在了巢章甫处，请他阅览并作题跋。书前另纸为巢章甫的两次题跋如下：

戊子冬月，泽民亚兄自沪北返，阻车津上。行箧所携，则有家藏游记，出以见眎。兼以是行所得普洱一饼见饷，煮茗展读，心神具畅。卷中述及王君龙渊，为余世谊，谢君霖甫，更属乡姻。方子崇则是当年看竹俊侣，过从尤密。今则不胜人海天涯之感矣。一藏居士读毕记。

武进巢章甫拜读一过。（朱笔）

在这一纸上，巢章甫钤印四方。分别属"章父之钵""海天楼""章父读过""章甫跋尾"。

这张笺纸用的是觯斋（郭葆昌）订制的暗纹宣纸，由吴湖帆为其双钩的"海天楼"字样专用笺，上印有"章甫属，倩菴题"，并钤"吴湖帆印"，颇为精致。

文中称先外祖为"亚兄"，"亚"同"娅"，"娅兄"也即襟兄，正是连襟之间的互相称谓。

越二日，我将此游记送到我的六舅处，请他审定（母亲的兄弟姐妹七人，目前唯最小的舅舅王光希健在，今年也九十一岁，原国家土地局副局长）。据他认定，游记确是我外祖父所撰无疑，但是并非其本人的笔迹，而是他从云南归来回到上海后，另请朵云轩的抄手重新缮写，因此不是稿本，只是原文的抄本。据他的分析，这本游记从来没有携回北京，而就是那次路过天津请巢章甫浏览题跋后留在了巢章甫处，大概是在1966年从巢家流落出来的。

借阅两周，滞留我处，十分感谢藏家，于是以另纸为此书写了一段跋语，由易臣代为璧还。这也是最近发生的一段与巢公有关的公案。

关于巢章甫的事迹，今天仅散见于书画界一些零星的回忆之中，殊为可惜，小文仅是钩沉之作，也希望得到更多方家的补充。最后，引用龙榆生先生为巢章甫《海天楼读书图》所作的一首《念奴娇》：

彩霞无际，送潮声到枕，乍揩双目。坐拥缥缃三万卷，随意抽来闲读。物外襟怀，壶中天地，视此皤然腹。征帆来去，笑他名利争逐。

　　零落今古骚魂，尘笺蠹简，坠绪凭谁续。洹上寒云凝未散，廿四桥边吹竹。旷代怜才，斜阳思旧，写入生绡幅。婆娑老子，陶然自荐醹醁。

关于丛碧先生几页诗稿的补注

不久前，友人寄下几页丛碧先生（张伯驹）晚年的诗稿并注文图片求证，从字迹看，确似丛碧先生晚年手书墨迹，然十分潦草，与此前的手书略有差异，写至第三页更见荒率，竖行已经歪斜至左。这份手稿真伪如何，本文不作判断，仅就其内容做一点补充。

诗稿录丛碧先生七言打油诗共五首，其后都有先生关于打油诗"本事"的注文，关乎先生晚年与友人的一次相聚。其"本事"已经见到有关的文字，且记录颇详，我就不再在此重复了。此次小聚确系在1981年9月8日，时年丛碧先生八十三岁，距先生魂归道山（1982年2月26日）仅相隔五个多月时间，地点则是在荀慧生先生家中。其记录较为详尽者，可以参见王家熙《翰墨相随十四年——怀念俞振飞》一文，并有是日所摄的两张照片为证。这两张照片中一张仅五位，即自左至右依次为南铁生、张伯驹、侯喜瑞、李洪春、俞振飞。另有一张与此大同小异，前坐者不变，而后排立者为谢虹雯、荀令香、张君秋、

留作他年记事珠

左起：南铁生、张伯驹、侯喜瑞、李洪春、俞振飞

梅葆玖、李蔷华、荀令莱等六人。从年龄和辈分而言，都可以算是前排的晚辈（据说，这天参加聚会的二十余人，梅葆玥等也来了。中午饭后，吴晓铃先生到场，并未在此吃饭，因此推断这两张照片应该是上午所摄）。前排的五位，也被称作是这次聚会中的"五老"。

以下分别录出五首诗及注文的原文，笔误、漏字随文注出，并做些亲身经历的小注。

一

耄年共话几沧桑，过去都成戏一场。

好看后生新子弟，升平歌舞庆家邦。

过去历史，成王败寇，犹如一场戏剧，方今国家正是兴盛时期，吾辈老矣，待看后生载歌载舞，以庆升平盛世。

前三首写满了第一页纸。开篇第一首即为丛碧先生对于劫后余生的感慨以及对于新时代到来的欢欣。

我自六岁开始进戏院看戏，至今已有七十年矣，可以说在我这个年龄里，算是看戏历史最长的。赶上了众多的名角，如梅兰芳、尚小云、荀慧生（程砚秋虽在，但是没有看过）。须生马连良、谭富英、奚啸伯（杨宝森彼时多在天津）、李少春、

老毛年共話幾滄桑。过去都戲一
場。好看後 生新子弟，昇平歌舞
慶家邦。

过去歷史成王败寇，猶如一塲戲劇方今
国家正是奋發时期吾辈老矣，猶看後
生載歌載舞以庆昇平盛世。

化境風神出自然，只能意会不能传。
心得失文章事，八十年来共一談。

王漁洋论詩以神韻为主戲劇亦然。
能到化境則自然產生神韻演積累
多火经驗及一坐修養，京劇武净有錢

金福侯喜瑞两老俱連跟查及曾擇
戲錢老未不能过侯老盖文演出能到
化境振飛先生尝观其演家乐昌全

全用中州音韻及纹激神清游戲有餘
余做能教而韻則似能会不能言传矣
等皆六十岁以後人可以 談矣

京滬氍壇各一部何乃分北調与南腔。
瓊師演天圵縣誰道洪春是外江
人傳洪春演紅净老生力外江淡則
能式老生宗譚观其演天圵縣秦瑛
一招一式皆有準繩絕非外江派也

丛碧先生的几页诗稿（三页之一）

雷喜福、李盛藻等。其他行当中，旦行如筱翠花、张君秋、罗蕙兰、杜近芳，小生姜妙香、叶盛兰、江世玉，武生孙毓堃、李万春、杨盛春、高盛麟、黄元庆，花脸侯喜瑞、裘盛戎、袁世海、王泉奎、娄振奎，武旦宋德珠、阎世善、李金鸿，老旦李多奎、李金泉，丑行的肖长华、马富禄、叶盛章、孙盛武、张春华等，在20世纪50年代还都经常登台演出，有幸躬逢其盛。

自1964年以后，学业繁忙，加上更有其他爱好，就基本不看戏了。1980年以后，正如丛碧先生所谓的"好看后生新子弟"时期，欣逢百废俱兴，许多老演员尚能登台，而新秀不断涌现，大批传统戏恢复了演出，戏曲舞台的确是又一番繁荣兴盛景象，确实正如丛碧先生的有感而发。所以我自1980年以后又恢复了看戏。

二

> 化境风神出自然，只能意会不能传。
>
> 寸心得失文章事，八十年来共一谈。

王渔洋论诗以神韵为主，戏剧亦然。能到化境，则自然产生神韵。须积累多少经验，及一坐（生）修养。京剧武净有钱金福、侯喜瑞两老，但《连环套》及曹操戏，钱老不能迢（超）过侯老。盖其演出，能到化境。振飞先生，余曾观其《渔家乐》，唱念全用中州音韵，及做派神情游刃有余。唱念做能教，而韵则只能意会，不能言传。杜工部诗云："文章千古事，得失寸心知。"我等皆八十岁以后人，可以一谈矣。

第二首则是对侯喜瑞与俞振飞两位艺术造诣的评价，注文尤其明确谈了对侯喜瑞和俞振飞两位先生艺术成就的看法，都是极为中肯的。

侯喜瑞（1892—1983）是年八十九岁，是"五老"中最年长者。侯先生坐科于富连成，系"小喜字科"。出科后拜黄润甫为师，是黄派花脸。在后来的"金、郝、侯"三位花脸中属于架子花。能戏甚多，尤其以《战宛城》《连环套》《取洛阳》等最受观众追捧。我小的时候有幸看过多次他晚年的演出，印象最深的是1957年秋天在前门外粮食店的中和戏院看的《战宛城》之曹操，可谓精彩绝伦。不久前，在中央电视台11频道的"空中剧院"访谈中，我还谈起当年侯老在"马踏青苗"中的表演。虽然彼时我仅九岁，却留下了一生中不可磨灭的记忆。那天的《战宛城》由孙毓堃饰张绣，筱翠花饰邹氏，三位都是一时最佳人选。侯老的嗓子虽然沙哑，但是有炸音，功架极好。在"金郝侯"三位中独树一帜，他所塑造的曹操、窦尔墩、马武等人物，每次出场碰头，即已先声夺人。可惜侯派传人甚少，入室弟子仅袁国林一人耳，却又英年早逝。

俞振飞（1902—1993）是年七十九岁，是"五老"中最年轻的一位。

俞振飞常年在上海，来京演出不多，20世纪50年代多与梅兰芳合作，我当时看过两次他与梅兰芳、姜妙香合作的《贩马记》，一旦二小生，但是姜、俞演来各有特色，绝对不是程式化，精彩至极。俞振飞颇有家学，极富书卷气，大抵这就是丛碧先生在诗注中所谓"韵"罢。

20世纪80年代初，俞振飞先生也曾来北京参加过一些纪念性的演出，我几乎每次都去看了，他比起当年确是有些力不从心，毕竟年近八旬，我最后一次看他的演出是在护国寺街的人民剧场，他的《太白醉写》，走的是昆曲大官生的路子，十分精彩。

十几年前，有人拿来一部手抄本的皮黄《四郎探母》本子，似是清末旧钞，共四册。唱词和念白都与今天流行的本子有所不同。且每本第一页的右下角都钤有"江南俞五"的印章。当是从俞家流出的故物。

〇 三

京沪菊坛各一帮，何分北调与南腔。

秦琼饰演天堂县，谁道洪春是外江。

留作他年记事珠

菊部名伶，缀玉传。抡檀板转歌喉。

花王华贵今何在，锦家亦有头。

铁生人谓其与晚年齐名，今晚出。

华逝世已二十年，铁生尚有弟时。

称南家兄弟，亦垂垂老矣。旧深戏

骈骊此日无复往事更谈感眠

鹏游龙空一梦留着犹在不留音。

○小接另纸

侯老与张老谈陈德霖空城计杨小楼
饰马谡余叔岩师王平王凤卿饰赵云
程继先饰马岱送一场戏可算是大可贵
了张老说不惟是四将就是龙套场面都
成了古人只有诸茹香还在世上回想起来
真是不胜感慨

丛碧先生的几页诗稿（三页之二）

人传洪春演红净、老生为外江派，实则为能文武老生。余曾观其演天堂县秦琼表功，一招一式，皆有准绳，绝非外江派也。

第三首是写李洪春的。李洪春（1898—1991），是年八十三岁，与丛碧先生同庚。在"五老"中也是最长寿的。

李洪春早年曾拜王鸿寿（三麻子）为师，学习红生，向有"活关公"之誉，因为起于沪上，与三麻子又系师徒，因此有人对李洪春持"外江派"的微词。其实李洪春不但擅长红生，老生、武生行当皆能，曾经傍过无数名角。因其早年老生戏不少，也曾演过《卖马》等，故有"秦琼饰演天堂县，谁道洪春是外江"之句。

我因从小喜欢关公戏，因此看李洪春的戏很多，大抵从《斩熊罴》到《走麦城》，纵贯关羽一生的角色，都有饰演。当年与杨小楼、王瑶卿等前辈都曾同台演出。大凡梅尚程荀的戏他也都曾挂过二牌，傍得恰到好处，无不认真严实。在旧时代，演员从艺艰难，而李洪春台上台下人缘都好，又能戏众多，晚年，观众多以"李洪爷"尊称之。

20世纪80年代，我负责《燕都》杂志编辑工作，彼时撰稿的作者遍及各个领域，戏曲也是重要的门类。菊坛之旧事掌故，梨园之台前幕后，以李洪爷所知最多，不但京津地区，对于沪上菊部也十分通晓。于是我经常去东城南小街李洪春的家

丛碧先生的几页诗稿（三页之三）

○慧生艺名初为白牡丹，富诗人辄赠李端

瑞诗有句□觉得驿骊 被编辑一朶能行

白牡丹句，红织京剧 其本□求研究

见□康生谓我与李济深 保仿京剧旧

剧目此致江青的样榀戏推迟□□慧生发

年把我列入右派对我批斗时要慧生发

真言慧生□诺传话□□京剧艺术是

好事看不出我有反党的□□终一言不发又以为我

吴旧时贵笔辞此波折或生化故后见我

态度自然满不在乎始为放心文化大革

命前相南共为游龙戏凤录音而文化大

草起遂后半与慧生要再见而一别分

霄壤矣，今与慧生夫人重谈往事，不胜

然。

里聊天请教。彼时李洪春虽已八十多岁高龄，但是脑子非常清晰，记忆力甚好。一聊起梨园旧事，总是滔滔不绝。他正式的弟子虽然不多，但是生行问艺者不少。我每次去，都遇到原中华戏校的"和"字科齐和昌随侍左右，执弟子礼甚恭。李洪爷对门下弟子都会直言评价，十分中肯，绝对不留情面。他曾对我谈过对王金璐、袁金铠、何金海的评价，都非常准确。尤其为何金海惋惜，说他其实会的最多，可惜嗓子倒仓后就始终未能缓过来，终身没能成"角儿"。当年何金海曾几次来过我家，我与他也很熟，深知他是个"戏包袱"，会的多。多冷的戏问他，都能给你说出个子午卯酉。

后来，李洪春在刘松岩的协助下，出版了《京剧长谈》一书，自述从艺经历以及许多梨园前辈的艺术成就，影响卓著。1986年，李洪爷以八十八岁高龄在北京吉祥戏院登台演出了《走麦城》中"刮骨疗毒"一折，轰动一时，可谓一票难求。虽然是搀扶上台，倒也吻合剧情。演出结束后，我到后台去看望他，彼时已经揸了头，正在卸妆，我们还一起合影留念。

◊　四

菊部名齐缀玉俦，金樽檀板啭歌喉。
花王华贵今何在，兄弟南家亦白头。

　留作他年记事珠

铁生，人谓与畹华齐名，于堂会中曾观其演出。今畹
华逝世已二十年，铁生尚有弟，时称南家兄弟，亦垂老矣。

第四首在第二页，是写南铁生的。南铁生（1902—
1991），是年七十九岁，与俞振飞同庚。

从丛碧先生的诗注看，他与南铁生并不十分熟悉，从诗中
可见，也仅是曾经在堂会中看过南铁生的演出。南铁生是票友
出身，后来下海。"菊部齐名缀玉俦"，一句，指的是早年南铁
生有"汉口梅兰芳"之称，也曾红极一时。今天的人对南铁生
可能都不太熟悉，是因为他在1949年以后，就基本息影舞台，
我没有赶上南铁生彩唱，但是从当年的剧照看，确实扮相俊美，
神态眉眼绝对不输一时当红的坤旦。

20世纪50年代末到60年代初，我曾与南铁生同住在东
四二条七号院，因此对他十分熟悉，我在《二条十年》中也提
到过。那时我家住在西跨院，而南铁生租住在正房后院的东厢
房。他也经常到我家，和我祖母聊天。那时南铁生已经发福，
白白胖胖的，留着小平头，绝对不是照片中衰老的样子。每到
夏天，总是穿着一身牙黄色的杭罗裤褂、圆口布鞋，手里拿着
把蒲扇，十分潇洒的样子。那时祖母在东城区政协任职，除了
学习之外，有很多文娱活动，家里也经常有许多政协朋友和戏
曲界的人来小聚，或是有胡琴拉上几段，清唱消遣。南铁生从
后院来我家，要从前院绕个很大的圈子才能走到西跨院，他总

是晚饭后溜达过来，从来不在家里人多时来凑热闹。大约在这里住了不到两年，后来据说搬到西郊去了。因此我对他十分熟悉。那时就听两位祖母说，他就是当年的"汉口梅兰芳"。

南铁生当年拜过王瑶卿，确实很红，曾演过全本的《廉锦枫》，其他如《太真外传》《宇宙锋》等都能演出，大抵梅先生的戏都敢动，许多生行如谭富英、王琴生、叶盛兰、俞振飞等都曾与之合作。梅兰芳室名"缀玉轩"，故有"名齐缀玉俦"之句。

五

骅骝此日已无寻，往事重谈感慨深。

戏凤游龙空一梦，留香犹在不留音。

（下接另纸）

慧生艺名初为白牡丹，唐诗人赠李端瑞（端）诗有"觅得黄骝鞍绣鞍……一朵能行白牡丹"句。与组织京剧基本艺术研究社，康生谓我与李济深保存京剧旧剧目，以致江青的样板戏推迟产生好几年，把我列入右派。□□□□□，慧生发言："慧生认为传给后辈京剧艺术是好事"，看不出我有反党的事，始终一言不发。又以为我是旧时贵公子，经此波折，或生他故，后见我态度自然，

留作他年记事珠

满不在乎，始为放心。"文化大革命"前，相商共为《游龙戏凤》录音，而"文化大革命"起，遂后来与慧生未再见，而一别分霄壤矣。今与慧生夫人重谈往事，不（胜）慨然……

第五首在第二页的第四首之后，下无注文，而有"下接另纸"四字，当即第三页文字，内容也能完全对应，故接于诗后。

这一首则是写荀慧生（1900—1968）的。这次"五老"聚会，是在原来荀慧生的家中，虽然荀先生已是古人，但不由得丛碧先生仍会想到这位老友。

荀慧生早年艺名"白牡丹"，是学梆子出身，后用功甚勤，初享名于上海，回京后大红，跻身于"四大名旦"。我在少年时代看荀先生的戏不多，但六七次总是有的。中年以后，如《荀灌娘》这类的戏，因年龄已不适合，就很少演出了，唯《红娘》长演不辍。其他如《勘玉钏》《金玉奴》《花田错》《香罗带》等我也都看过。

荀先生的室名曰"小留香馆"，故而丛碧先生在此诗中有"留香犹在不留音"之恸。而此次五老的聚会也就是在荀先生故居。当时，荀夫人张伟君尚在，在这两张照片中却都没有荀夫人，不知何故？

诗与注文，一是对老友荀慧生的怀念，当年丛碧先生与荀先生有约，要为《游龙戏凤》配音，可惜终未能如愿；二是对于1957年那场批判的回忆，但或许是丛碧先生的记忆混乱，在彼时还没有"样板戏"那种提法。康生虽然是那时挥大棒的主要人物，但是当时也不可能会有如是说。这次恢复的"禁戏"中，最突出的当数由筱翠花与雷喜福合作的《马思远》，但我彼时还小，也因"儿童不宜"，没有去看过。至于筱老板的戏也仅看过《战宛城》《坐楼杀惜》《梅玉配》《翠屏山》四出而已。

当年在批判张伯驹的会上，荀慧生能秉公直言，为其回护，是十分难得的，也说明荀先生的忠厚，而不少与他过从甚密的旧友，其时发言倒是十分激烈，于此也能看出人品之高下。

六

> 侯老与张老谈，说您演《空城计》，杨小楼饰马谡，余叔岩饰王平，王凤卿饰赵云，程继先饰马岱，这一场戏可算是太可贵了。张老说，不惟是四将，就是龙套场面，都成了古人，只有诸葛亮还在世。回想起来，真是不胜感慨。

这一段文字在第二页，与第五首诗之间空了两三行的位置，且没有顶格书写，似乎是第六首诗的注文，留空是为了以后补上第六首诗。

丛碧先生在戏曲方面的往事，被反复谈论的基本不外乎三

　　　　　留作他年记事珠

件事。一是他的《红龢纪梦诗注》，二是那次在北京隆福寺福全馆的《失空斩》堂会演出，三是1957年因倡演恢复旧戏而获罪。1957年获罪，已见于第五首，这里是关于那次堂会的叙述。

最令人不解的是"侯老与张老谈，说……"云云，这完全像是第三者的记录，而不像是丛碧先生的口吻，关于这点，只能姑且存疑。但是内容确是关于那次堂会的回忆。这次堂会最为精彩的环节是由杨小楼、余叔岩、王凤卿、程继先扮演的马谡、王平、赵云、马岱四将的起霸。关于这些，以香港报人丁秉燧的叙述最为详尽。

这次福全馆的堂会是在1937年的正月，正好是丛碧先生的四十大寿，同时也是为了赈济河南旱灾，票价大洋五元，全部款项捐给慈善组织。彼时，卢沟桥事变尚未发生。

除了四将外，由京城名票陈香雪饰演司马懿，钱宝森饰演张郃，而两老军原定由慈瑞泉和王长林之子王福山饰演（王长林去世后，许多角色即由其子王福山替代），那日因王福山突然拉肚子不能登台，即由票友管翼贤担纲。说起这位管翼贤，在京城也是大大有名，他曾留学日本法政大学，从20世纪20年代起即进入新闻界，主办《时报》（京城多称为小《时报》，出刊时间很长），其人才华横溢，也是票友。但在北平沦陷后甘心附逆，1946年胜利后被国民政府判处死刑，但因其不断上诉，未能执行，直到1951年才被执行枪决。因此，许多人都以为那日扮演老军其一的是王福山，其实是由票友管翼贤临时代替的。

确如丛碧先生所言"不惟是四将，就是龙套场面，都成了古人，只有诸葛亮在世。回想起来，真是不胜感慨"。李洪爷与丛碧先生回忆此事时，已经是四十七年前的往事了。

从丛碧先生与梨园界的交往而言，这次聚会并非丛碧先生的菊部旧友，关系也不算很深，偶然临时发起小聚，也是老成凋谢中的硕果仅存几人耳。

这次聚会已经是四十一年前的往事了，当时的参与者如今多已不在。这几首丛碧先生的打油诗，就留作他年记事珠罢。

一生为戏[*]

——纪念马连良先生诞辰一百二十周年

我生于1948年，从幼儿起即听戏、看戏，在1955—1964年期间，于京城多处剧院观摩马先生现场演出，看过马连良演出的剧目将近三十出，在我这个年龄段中算是比较多的。我自己既非梨园行内，亦非全然行外，今天只是站在一名观众的角度谈谈我所认识的马连良先生。

◊ 一

马连良1951年由香港回到内地，次年即成立马连良剧团，1955年12月，马剧团与谭富英、裘盛戎为主演的北京京剧二团合并，成立北京京剧团。

---

* 原题为《一生为戏尽身心》，载于《北京青年报》2021年4月18日。经作者重新修订后，收入本书。

我的看戏经历即始于北京京剧团成立前夕。距离我家最近的戏院是位于王府井大街北口金鱼胡同内的吉祥戏院，只相距一站半路程，买票看戏都方便。八九岁时我已能自己买票，中午学校放学休息时，路过东安市场，总会看看市场北门外挂的水牌，当晚和次日的演出剧目便都知晓了。

我的父母比较洋派，看戏较少。我从五岁起进戏园，主要是跟着两位祖母。老人家喜看青衣戏，我是小孩子就爱看武生戏。初时看热闹，继而看剧情，再后来看演员、听唱腔，渐渐入得京剧门庭。

如今回想少年时为何爱看马连良，我自己总结，主要是因为马先生的戏演绎的多为历史故事。他的戏从春秋战国一直延续至明代，时间跨度长，历史感非常强。我从小喜欢历史，马连良的戏与所读史书互相印证，使书本上的历史知识得以形象化。马先生虽然文化程度并不高，但他一直注重学习，有时会根据历史原意去修改一些不太适当的戏词。比如"汉寿亭侯"一词，最初以为是汉代寿亭侯，实际上汉寿是地名，汉寿亭侯指的是汉寿的亭侯。马先生明白以后即做了改动。

马连良在北京很多戏院唱过戏，吉祥戏院、广和楼、长安戏院都是他经常演出的场所。还包括新型剧场，马先生和李世济曾在北京展览馆剧场演出《三娘教子》，我至今惊讶于那么大的剧场居然能满座。偌大的中山公园音乐堂，在春、夏、秋三季，马连良的戏上座率也很好。当时马连良的戏票价是一元，

留作他年记事珠

如果是与张君秋的对儿戏，则为一元二角，马、谭、张、裘四大名角都出演的戏（如《赵氏孤儿》），是两元钱，梅兰芳的戏则一律为三元。20世纪50年代到60年代，北京的演出很多，同一晚上不同剧团、剧目、剧场，多时十几处，少时也有七八处有演出，当时的《北京日报》上会刊出半版的演出广告。

后来虎坊桥建起北京市工人俱乐部，成为北京京剧团的主场。1961年，著名京剧演员赵燕侠加入北京京剧团，和马连良合作演出《坐楼杀惜》，这个戏是费了好大劲找人带着我去的。那一年我十三岁，虎坊桥对我来说是一个非常遥远的地方。

我还曾经为了看马连良与中国京剧院联袂演出的《赤壁之战》，在感冒发烧的情况下吞下四片ABC（复方阿司匹林），浑身打着哆嗦去看戏。那时候对马先生的戏有一种期待，有的戏看过还想看，有的戏没看过更期待。当时的戏单、戏报，一两分钱一张，我收藏了好多，后来都失去了。

有一场戏我印象深刻，至今不忘。那是1956年9月，北京市戏剧工作者联合会在中山公园音乐堂成立，上演《四郎探母》，这一出合作戏汇集了众多名演员，前面还加演了裘盛戎的《锁五龙》，盛况空前。那时的戏曲演出经常是晚上七点开演，将近夜里十二点才散戏，时间很长，但很多人是跳过前面演出的帽儿戏，从中轴时入场，大概在八点半以后，倒数第二的压轴戏，以及最后一个大轴戏，才是观众最为期待的。但是那天从开场就坐满了观众，既没有迟到的，也没有中途退场的。

那天散戏已是午夜，初秋时节，凉风习习，末班车已经没有了，但从中山公园南门一直到天安门金水桥前，排满了三轮车，一辆接一辆，价格为白天的两倍，我们就坐三轮车回家。

我家的厨子也爱看戏，只看谭富英。我乐意和他开玩笑，夏天谭富英先生有时会唱歇工戏，也就是不太繁重的戏。所以夏天的时候，我知道厨子头天晚上看了谭老板的戏，第二天便故意问他："昨晚上戏怎么样啊？"厨子一歪脖一咂嘴说："天热，没卯上。"意思是戏不太给力，但也回护着他追捧的角儿。

我也喜欢其他一些流派，并不只看马连良，而马连良的戏之所以看得多，其客观原因是马先生的演出较之其他人更频繁，马先生一个月演出多时十六七场，少时也有八九场。还有一个原因，马先生演历史，演的是人物，是情理，又有其鲜明的人物特色，这是他较其他人最大的不同。

马先生有时在一出戏中分饰两个截然不同的角色，比如在《胭脂宝褶》中，前面饰演龙行虎步的明成祖朱棣，后面饰演谦卑的社会底层班头白怀。还有在《群英会·借东风》中分饰鲁肃和孔明，也是人物性格完全不同。而马先生将人物形象和性格全演出来，且演什么像什么。我记得那时候马先生的戏，开场一句闷帘儿倒板，台下已经炸窝似的叫好了。

在我的心目中，三国风云际会的鲁肃就是马先生的鲁肃，孔明就是马先生的孔明。

二

　　马连良少时在富连成坐科，入科学的是武生，老师是茹莱卿先生。后在萧长华、蔡荣贵两位老师指导下改学老生。两度入科。虽然天生嗓音比较低，俗称"趴字调"，但非常勤奋用功。

　　那个时候京剧已经是无腔不谭，都学谭鑫培，也就是所谓的老谭派，马连良也学过，出科后甚至以"谭派须生"标榜。马连良不但学谭派，还拜天津孙菊仙为师，今天脍炙人口的《借东风》，实际上来自于早年孙派的《雍凉关》，腔是《雍凉关》的，可词全改了，唱腔也打磨得更丰富细腻。自从《借东风》唱红，马先生也就不唱《雍凉关》了。另外，还有一位演员对马连良影响非常大，马先生的念和做很大程度上得益于所拜的这位师父。

　　这位老师名贾洪林，绰号贾狗子，江苏无锡人，在北京唱戏。贾洪林本身嗓音条件很好，后来嗓子"塌中"，于是他另辟蹊径，在念、做方面下功夫以弥补自己的短处。贾洪林是一位很了不起的演员，谭鑫培都说他的念、做比自己强。马先生十几岁时就拜了贾洪林为师，他的本子，马先生继承了不少。可惜的是贾洪林很早就去世了。

　　马连良早年的嗓音条件也不是很好，他师从贾洪林之后，主要是学贾洪林的念、做，并以此丰富了整体的戏曲人物。《四进士》一剧就得益于贾洪林。马连良在二十八岁时嗓音变好，红遍大江南北，不但在京津沪三地红遍，甚至一些重要的戏码头像武汉、沈阳都非常认可他。

马派在博采众长的基础上逐渐形成，这其中还有一个历史背景：在长时间的戏曲班社制中，演员的个人号召力也往往局限在班社内，这种情势至谭鑫培、汪桂芬、孙菊仙的出现发生了一个很大的转变，那就是班社制逐渐过渡到明星制。也就是说，这之后到戏园看戏，听的是腔，看的是角儿。

凭借几十年的看戏经验，我将马连良的戏分为三类，一类是他的本戏，即其在传统戏基础上加工改造而成的看家戏，这可以说是马派的主干；二是一些新编戏，如20世纪50年代到60年代的《官渡之战》《三顾茅庐》；第三类是生旦并重的对儿戏。我看的对儿戏中马先生和张君秋合作的较多，如《三娘教子》《汾河湾》《苏武牧羊》，以及后来的新编戏《秦香莲》。《秦香莲》是一出群戏，张君秋饰演秦香莲，谭富英饰演陈世美，马连良饰演王延龄，裘盛戎饰演包公，北京京剧团四大头牌都全了。另外，马先生跟梅先生也合作演出，非常精彩，一票难求，我也看过。不过不多，因为梅先生1961年就去世了。现在回想起来仍颇为回味。

老生戏分为靠把戏、安工戏、衰派戏三类。马连良在中年时期马派形成以后，极大地丰富了衰派戏所涵盖的社会层面和人物，这是其对京剧的一大贡献。赵珩举例，如马先生演的《三娘教子》中的老家人薛保，《清风亭》里磨豆腐的张元秀，《四进士》中的讼师宋世杰，都演得有血有肉。宋世杰懂法律，有正义感，又有几分狡猾和诙谐。再比如他演王莽，那是末路枭雄；演王延龄，是国之重臣；《甘露寺》中的乔玄是国老，虽然身份不同，但他都给演活了。马先生演人物，可谓精雕细琢，已经不局限于"衰派老生"的范式，他会根据人物、身份的不同，给予角色独有的戏曲刻画。

很多传统戏在和演员的磨合过程中也不断发生变化，有时一个角色演好了，这个人物可能变为主角。比如，《四进士》这出戏很长一段时间中都是以进士毛朋为主角，宋世杰是配角，从贾洪林开始，尤其到马连良、周信芳，唱活演活了宋世杰，由此毛朋变成了二路，宋世杰成为主角，这就是"人保戏"。

◌ 三

说到马连良的一生，用两个字概括，那就是本分。这表现在他极度的敬业，尽自己最大可能将一件事做到极致，追求完美，一生为戏，全心为戏。

马连良的追求完美，并不止于追求自己一个人的完美，而是要求一台戏的完美，一个班社的完美。

早前看戏观众听腔看角儿，只看一个人，没有人关心龙套、舞美，所以舞台上有时会呈现一种非常糟糕的状态，今天的观众难以想象。比如龙套们常常赶场，所以经常穿着毛窝（棉鞋）、棉裤，脸上不打油彩就上台了。台幕那时称之"守旧"，更是经常带有广告，左边写着乌鸡白凤丸，右边写着牛黄解毒丸，一看就是药铺老板赞助的，跟剧情没有一点儿关系。

马连良从二十九岁（1930年）时组建扶风社起，便极其重视舞台美学，净化舞台，还特意请人到山东武梁祠找来画像砖图样布置台幕、桌围、椅披，使舞台呈现整体的古朴美感。除舞台外，对龙套也有要求，马先生有四位固定龙套，他要求他们首先要三白，就是领口白、水袖白、靴底儿白，而且一场戏演完必须重新给靴底刷大白，还要求每场戏必须剃头刮脸。

这四个龙套上台都打油彩，穿彩裤，衣领、水袖、靴底干净，一出来精精神神，给人的印象就是焕然一新，先声夺人，碰头就有彩。马连良还要求乐队服装统一，但只给做上衣，因为下面的裤子文武场面的围子可以挡住。

马连良自己的每一件行头也都极其讲究，他曾经将收来的清代官服改良成戏装，而且改戏装时的所有设计都要一一过目。我曾亲耳听学津对我说过，当年马先生排一出新戏挣了钱，就会拿出很多置办几箱行头，那些钱在当时能买一所小房了。

如此经营下的扶风社红火一时，叶盛兰、袁世海等都曾是扶风社的重要成员。跟马连良合作的名演员非常多，尤其是旦角。当时很红的旦角，大概有十几位都搭过扶风社的班。马先生还提携了很多坤旦，像早年的王玉蓉、新艳秋，以及后来的童芷苓、李玉茹、罗蕙兰等。

1936年，为改良京剧，马连良曾征股筹建新新大戏院。1937年3月，新新大戏院正式开幕，是当时最好的戏院。舞台好，后台好，主要角色有单独化妆间，甚至带有卫生间。沦陷后期，新新大戏院被日本人征用，中华人民共和国成立后改为首都电影院，现在已经不存在了。

马连良演戏极其认真，当年他常到八面槽清华园洗澡，总是泡大池子，很多人见过马老板在池中边泡澡边念叨着默戏词的场景。

说及认真，还有一个小故事。据说有一年，马连良到天津中国大戏院演了一出《断臂说书》，因为知道天津观众难伺候，他的心里多少有些忌惮，可偏巧就出现了一个意外，助手把断臂的位置绑错了。如果在北京，观众可能喊几声倒好就过去了，谁还没个失误呢？可天津观众苛刻，倒好声迭起。马连良一看，没法演了，他当场给观众道歉，在台上一个劲儿地作揖鞠躬，随后赶紧下台。因为这一次失误，马先生差点儿自杀。

马连良经历过的类似挫折，我没有在他的演出现场看到过，我所观看的马连良戏，从未出现过纰漏。

◊ 四

马连良对戏的认真还表现在他在台上的举重若轻，马先生的认真不是用力绷劲儿，而是既潇洒又帅。他的念白极其流畅，像平常说话一样，无雕琢痕迹，如行云流水一般。单是这一口念白就可以灌制唱片。因为马连良念白的极具特色，我至今还能大段背诵他的很多白口，当年的男孩子很多也会学。马先生有一出叫《三字经》的戏，是给没读过书的人讲三字经，完全是念白，没有一句唱，非常好听，迟金声先生为他做过音配像。

对于马连良的发音，历来有些说法，甚至有人评论其有些大舌头。实际上马先生并不是大舌头，或者一顺边，而是格外讲究白口的发声。人的发音在口腔里有不同部位，尤其是韵白，有的是舌后音，有的是舌前音，而马先生的念白会配合整段台词以及人物的身份、地位，他甚至会注意到人物的籍贯。马先生的白口禁得住仔细琢磨，那么好听，那么有味道。

马连良留下的影像资料很少，只有两段，一段是于1957年拍摄的《群英会·借东风》，还有一部在香港拍的《游龙戏凤》。但其留下了很多唱片，我统计过，大概有一百二十多张，我家里也存有很多。

说到唱片，在京剧演员里，尤其是生行的京剧演员，马连良可以说灌制数量最多，余叔岩也只留下了18张半唱片。为什么马连良的唱片如此之多？我认为，首先是因为马连良的艺术生命在生行里是最长的；第二个原因是马连良本人喜欢灌唱片，他认为唱片可以使自己的唱腔更加广为流传，20世纪30年代到40年代他曾经成立过一个唱片社。而直到20世纪60年代，中国唱片社还灌制了马连良唱片。另外，马连良对唱片质量也精益求精，会将同一出戏重复灌制，如《甘露寺》《借东风》，就都有好几个版本。马先生的这一百多张唱片，并不是一百多个剧目，有的剧目反复灌过很多次，是因为改动词句或者发现了什么不太合适的地方。碰到这种情况，他甚至会自己花钱收回唱片销毁，然后重新灌制。

还有一个要提的是"南麒北马"。很多欣赏须生的观众将麒派与马派对立起来，这是不对的。实际上每个流派都有其各自的特点和发展，没有必要扬麒抑马，也没有必要扬马抑麒。而且，马连良与"麒麟童"周信芳的私人关系非常好。20世纪30年代到40年代，马连良和周信芳有很多合作，不止在北方，马连良也经常去上海演出。20世纪30年代初，他们曾在天津连唱五天戏，两人分饰不同角色，而且都把自己有特色的角色让给对方演。

两个人演出《十道本》，马连良本擅长演褚遂良，但他将这一角色让给麒麟童，他演李渊。合作《群英会·借东风》，周信芳演鲁肃到底，马连良演孔明到底。最后周信芳加演一出华容道，马连良加了回令，两个人双攒底双谢幕。演《火牛阵》，马先生饰田单，周先生反串东宫世子。演《断臂说书》，马先生演王佐，周先生反串陆文龙。合作相得益彰，精彩纷呈，在天津的五场演出轰动异常。晚年时，马连良和周信芳都曾演出《四进士》（周先生改为《宋士杰》）、《清风亭》，两个人演法不同，各有风格，都很好。

现如今，京剧马派由于特色显著，很多人刻意去学，这其中也有一些问题。首先，马派真正骨子里的东西，不要说票友，很多演员也没学到，因为都没能完全理解马先生，他是如何创造这个人物的。现在很多人自认为学了些马派特色，以此来标明是某一派，实际上有些并不是马先生最优良之处，所以学的是皮毛，是表面，甚至是毛病。

我将马连良的一生分为三个阶段：第一阶段是坐科学艺，拜师孙菊仙、贾洪林，受益于师；第二阶段是从其二十八岁嗓音恢复直至20世纪40年代中期，此为马派形成阶段，也是马连良一生中最精彩的时期；第三个阶段为马连良1951年回到内地至1964年，将许多剧目打造的臻于完美，将衰派戏发展得更成熟、更精致。说到此，不得不让人感慨：马先生一生是一步上一个台阶。人生第二阶段非常红，但有些戏还不太成熟。晚年阶段演出的剧目相对较少，但每一出都是精品。马先生成为大师绝对当之无愧，可以说他影响了京剧舞台四十年，影响了观众四十年。

马连良先生去世已经五十五年，但其影响依然巨大，马派仍然不断被传承。希望继承马派的演员先了解马先生的成长过程，了解其对戏曲的忠诚，了解他的完美主义，从而学到他骨子里的真东西。

马连良的师友们

马龙所著的《温如集——马连良师友记》即将由北京出版社出版，盛情邀请我为此书作序。马龙是温如先生的文孙，虽然他两岁时马先生就去世了，但所知和资料当比我更多，这里不过是就他这本书，从自己的经历出发谈一点感想罢了。

首先，想谈谈我对马连良先生本人其艺术成就的认知。

我从五岁时就随两位祖母到戏园子看戏，迄今大概有七十年的历史。尤其是我的老祖母，彼时张口就是陈德霖、王瑶卿、路三宝，赶上的名家数不胜数。两位祖母与梅兰芳是同辈人，赵家与梅兰芳又有着很密切的联系。至今，在梅兰芳纪念馆里都藏有我的伯曾祖赵尔巽和七祖父赵世基赠送的许多梅兰芳的墨迹。尤其是七祖父，与梅先生更是交谊深厚，早年梅先生身边的"冯六赵七"之谓，指的就是冯耿光（幼伟）和我的七祖父赵世基。1919年梅兰芳第一次出访日本，七祖父也是以顾问名义一同前往的。可惜他英年早逝，1927年就离世了。

至于张君秋，是我祖父叔彦公（世泽）的义子，有段时间

留作他年记事珠

经常住在我家东总布胡同的"幻园",祖父也为他写过几出由传奇改编成皮黄的新戏。至于坤旦华慧麟、雪艳琴（黄咏霓）等也与祖母们有交往。因此，五六岁时去剧场看戏都是随着两位祖母，看的也大多是旦行戏，对于小孩子来说，吸引力不大。大约是在六岁时，我才第一次看马连良先生的戏，至于看的是哪出，已经没有印象了。

我从小喜欢历史，而马先生演出的剧目大多与历史故事有关，可以说涵盖了从春秋战国直到明代的历史。自从看了马先生的戏，就对马派戏情有独钟了。开始还是跟着家里长辈去，大概从八九岁开始，我就自己买票去看马先生的戏了。

那时，我就读的小学和家距离金鱼胡同东安市场北门的吉祥戏院都不远，因此经常去那里看悬挂在市场北门外东西两块朱漆白字的水牌子。一块是当晚的演出剧目，一块是次日演出的预告。彼时大概是1956年或1957年，北京京剧团已经组建，"马谭张裘"四大头牌的阵容也已经形成，而在四大头牌中，又以马先生上演的剧目最多。其次是虎坊桥北京市工人俱乐部等剧场，也去过不少次，但彼时年龄小，前门外的几个剧场去的就相对较少了。

我曾做过一个粗略统计，从20世纪50年代中期到1964年近十年的时间中，我看过的马先生代表作大约有三十个剧目，这还不包括他与梅先生和君秋的对儿戏或大合作戏。至于场次，那就不好统计了，例如像《十老安刘》《胭脂宝褶》《四进士》

等，起码都看过三四次。马先生的舞台形象，让我从书本上看到的历史人物顿时鲜活起来，更加形象化，大概这就是我看马先生戏的最初印象。

后来，戏看得多了，也渐渐有了些戏曲知识，就对马派的唱腔、念白、做派有了些粗浅的了解。深深感到马连良的戏，除了唱腔如行云流水，做派也是那样的潇洒自如，念白自然流畅，已经从程式化中脱颖而出。马先生的每出戏都塑造了完全不同的人物身份，无论是高居庙堂的帝王将相，还是身居闾巷的市井平民，无不恰如其分，毫无造作之感。马先生晚年很少有开打的剧目，余生也晚，没有赶上，但是马先生早年坐科，开蒙即是武生戏，乃至出科后的中青年时期，那些武老生也都唱过。

20世纪50年代到60年代的马连良是我心中的偶像，除了台上，生活中也能时常见到。那时除了前门外的剧场，内城的吉祥戏院和中山公园音乐堂也时有演出。马先生在内城演出前，总会很早到城里，或在八面槽的清华园洗澡修脚，或在东安市场内转转。因此，但凡是在东安市场附近见到马先生，那就多半是他晚上在吉祥有演出。记得那时春秋季，马先生总是穿着很潇洒的西服上衣或是浅色中山装，干净整洁，和气文雅，颇有书卷气。那年代没有追星之说，但是认识马先生的人很多，无论是清华园柜上和跑堂的，还是东来顺门前切肉的伙计，再或是北门把门儿的豫康东烟店母子，都会和马先生打招呼问声好，马先生也会频频点头致意，最后从吉祥后台走进剧场扮戏。那时没见有人要与他合影签名之类，但这些场景至今记忆犹新。

那时家里存有很多老唱片，仅马连良灌的唱片就有几十张，都是20世纪30年代到40年代高亭、百代、蓓开和物克多的出品。不但有唱段，也有单单是白口的片子。例如《清官册》《审头刺汤》等。那段《审头刺汤》中陆炳在大堂申斥汤勤的大段念白，不但反复听，甚至能学，六十多年过去了，至今还能一字不落地背诵，可见我那时对马先生念白的痴迷。

马先生塑造的舞台形象可以说是绝无雷同，千人千面。无论是饰演田单、程婴、蒯彻、张苍、苏武、王莽、孔明、乔玄、李渊、薛仁贵、寇准、徐达、朱棣、海瑞、陆炳、邹应龙、莫怀古等帝王将相，还是罗英、张恩、马义、薛保、白槐、莫成、宋士杰、张元秀等小人物，无不惟妙惟肖，真情流露于自然之中。可以说，马先生把戏剧的很多元素都融入了京剧戏曲艺术中，使相对程式化的皮黄戏曲更加丰满，剧中的人物形象各异。

应该说，马连良先生在近代中国戏曲史上是一位里程碑式的，继往开来的生行表演艺术家。

再谈谈马龙这本《温如集——马连良师友记》。

除了幼年对马连良艺术的崇拜，我大概也是看过马连良演出而如今尚健的，为数不多的人之一。另外，我也与马龙的大伯马崇仁、其父崇恩（乳名小弟）和小姑马小曼有过数面之缘，又与马派弟子、传人张学津幼年相识。我想，这也是马龙邀我为本书作序的原因吧。

马龙写过几本关于马连良艺术经历的著作，对马连良和马派艺术多有阐述，都很翔实生动。但是这本《师友记》则是从另一角度写马连良师从艺坐科、交友往还、课徒授业的内容。一年多以前，马龙就将这部书稿拿来让我看。读后，觉得这正是从另一个角度了解和认识马连良先生的作品，因此推荐给了北京出版社。

"师友"所指，既有马连良先生坐科学艺的业师和同门，有在艺术道路上对他提携与指导的文化人，也有总角之交的朋友、合作多年的舞台伙伴，以及他的传人与弟子，其中有些人我也十分熟悉。

书中有些篇目虽然仅标明写某一人，而实际谈到的却是几位师长和友人，如在谈邵飘萍的篇目中也谈到徐凌霄。因此仅从目录上还不能窥其全部内容，只有卒读之后，才能了解这本书内容之丰富。

开宗明义，第一篇《第一伟大科班的师友——富连成人》，是对马连良在富社八年坐科和三年"带艺入科"经历的阐述。马连良坐科富连成八年，后出科演出一段时间，又主动请求"带艺入科"，深造三年，前后在富社学艺十一年时间。这是个什么概念？就当时而言，也应该等同于在协和医学院本硕博连

留作他年记事珠

读了。以今天的理念而言，是相当于中国戏曲学院的研究生毕业。而其坐科的八年又远远超过了今天本科学习的时间。这也是马连良功底扎实，能够在唱念做打各方面打下坚实基础的原因。富社创办人叶春善、总教习萧长华和业师蔡荣贵都是马连良的恩师，因此，在这一篇中所述马先生成名之后不忘富社十一年的教诲，对叶先生、萧老、蔡荣贵老师执弟子礼甚恭，对同门学长学弟尊敬、友善与提携的事迹，也足见马先生的尊师重教、友爱同门的为人之道。

马先生早年曾受业于老谭派须生贾洪林，贾在做工和念白方面对青少年时的马连良有着重要的影响，这也是他在坐科时能博采众长的体现。

梅马两家可谓是通家之好，因此马龙用"肝胆相照"来形容两家的关系。梅兰芳与马连良不但多年有艺术上的合作，在那些极端困苦的特殊时期里，还能够互相关照，共度时艰，也是为人钦敬和称道的。君秋在马先生面前，当是晚辈，他们几度合作都非常成功而默契。君秋无论是在人前人后，对马先生都是十分尊重的，他在我家就多次说到马先生对他的提携照应。

《重情重义朱海北》一文，谈到马连良与朱海北的交谊。恰好我家与朱家也是四代世交。朱桂老启钤先生在先曾伯祖次珊公面前称晚辈，因此朱海北虽仅比我的祖母小三四岁，也只能是晚辈了。20世纪50年代到60年代他们时常在一起，我也与他常见面，他与张学铭郎舅两人还带着我去逛隆福寺，至今记忆犹新。朱海北在我家不被冠以"朱二爷"尊称，而被呼以乳名"老铁"。五十多岁的人，穿着淡粉红色的衬衫，皮肤白皙，头发永远梳理得油光水滑。他虽一辈子是个"玩家"，但是为人毫无心计，只有真正了解他的人，才知道他为人厚道、重情重义。我与其子文相和他的一班朋友如刘宗汉、高尚贤等也十分熟稔，可惜文相早逝，他的两本遗著也是后来在北京燕山出版社出版的。

吴晓铃先生是戏曲研究家，中国社科院文学所的研究员，他不但精通梵文，同时也是戏曲古籍收藏家。20世纪80年代中期，我在负责《燕都》杂志时，常去菜市口教子胡同向他约稿和请教。彼时正值改革开放，吴先生与许多梨园界的老朋友，如梅家、荀家和马家等又恢复了往来。每次去拜访吴先生，也经常谈到许多梨园旧事。马龙文中谈到吴先生对马连良夫妇的情谊，据我了解，吴先生对许多梨园前辈都着这样的感情，而梨园界对吴先生也是格外尊崇。

关于沈苇窗，虽未有谋面之缘，却有不少书信往还。他是浙江桐乡乌镇人，也是昆曲大家徐凌云的外甥，既是报人，也是后来香港的闻人。1963年，北京京剧团赴港演出，效果轰动，而沈苇窗先生也是积极参与者之一。

1985年《燕都》创刊，恰好沈先生也继《大人》之后再度创办《大成》杂志。当时《燕都》的另一位负责人海波先生联络各方面作者的能力远比我强，是他最先与沈先生联系上的，

左起：李慕良、马连良、张大千、沈苇窗

后来《大成》与《燕都》每期互赠，所以在沈先生去世和《大成》停刊之前，每期的《大成》都能看到。《大成》与《燕都》的性质相似，都是以谈旧人旧事、掌故琐记、文坛过往、梨园故事为篇题，以亲历、亲见、亲闻为主旨，力求言之有物。《大成》当年也是因为沈先生的人脉，才能有那么丰富的内容。《大成》初创，封面多由张大千先生免费供稿。不久前，黄永玉公子黑蛮来访，他久居香港，和这位"沈伯伯"很熟，也曾为《大成》画过封面，于是谈起沈苇窗先生往事。1995年沈先生去世，《大成》也随之终结，真可谓是人亡刊亡，令人兴叹。不久，《燕都》也因经费问题停刊。作为广陵散一般的旧闻期刊，恐怕如今能识者亦无几人了。

《温如集——马连良师友记》的最后一部分是谈马派艺术的传人和弟子。

在马老早期弟子中，我与王金璐和李墨璎伉俪最熟，多是由于朱家溍先生和吴小如先生的关系。那时他们夫妇常去《燕都》编剧部小坐，也来过我家。王先生在双榆树的寓所我也去过。最后一次见到王金璐先生是在正乙祠纪念朱家溍先生忌辰的会上，彼时李墨璎先生甫去世，而我尚不知，问到李先生时，王先生握着我的手，连道声"没啦，没啦"，老泪纵横。他们夫妇一世感情笃厚，足可见矣。据马龙的回忆，马先生晚年的许多资料整理都有他们夫妇的心血。

　　　　　　留作他年记事珠

至于我和学津的关系就不消说了。去年，在纪念张学津八十诞辰的纪念会上我已经都有阐述。这里唯一想说的是，君秋让学津学习马派，而马先生收徒学津都是极其正确的选择。今天，许多京剧爱好者对马派的观摩，几乎都是从学津为马先生的音配像中获得。没有看到过马先生舞台演出的观众，也都是以学津的舞台形象为范本的。

20世纪50年代到60年代初，与马先生合作过的青年旦角演员先后以罗蕙兰、李世济、李毓芳为主，当然也不仅是这三位。除罗蕙兰较早（后来是赵丽秋），我没有赶上，但是后几位我都看过，作为二牌旦角和晚辈，她们都能很好地掌握分寸，起到恰如其分的烘托和襄助作用，也是马先生晚年艺术成就的帮衬者。

本文的最末，则也有几句因这本《师友记》感召而生发的感慨和总结，或者也可以看作是对今天年轻一代京剧演员的一点希望和寄语。

京剧自诞生以来近二百年的时间，其一代一代的传承，是使之能够延续和发展的唯一途径。没有传承，就没有京剧的生存。而在旧时代，学习皮黄艺术的基本途径是坐科，这也是延续这门艺术的主要途径。在旧时代，学戏坐科的孩子大多数是贫苦出身，或是出身梨园世家，因而缺乏学习文化的机会。

演员与艺术家的区别在哪里？我想大抵有三个方面。

一是有真正刻苦学习专业的经历，"梅花香自苦寒来"，绝非是虚妄之词，没有坚实的功底和基础、博采众长的艺术追求和悟性是不行的。

二是有文化的追求。任何一门艺术都不是孤立的，触类旁通，需要多方面的濡养。因此，一个演员需要不断地加强自身的文化积累。"腹有诗书气自华"，马连良先生在其艺术道路上就是不断读书学习，汲取各方面的知识丰富自己，因此无论是在台上还是私底生活中，都有一种难得的书卷气。

三是有一个文化环境和社会交往的氛围，有文化界各方面的朋友。梅兰芳先生如是，程砚秋先生如是，余叔岩、马连良先生亦如是。而这本《温如集——马连良师友记》虽非系统论述马连良生平和艺术的专著，但正是从马连良社会交往的角度审视他的日常生活与文化追求的佳作。因此这本记录马连良与师友交往的书虽然可能还有许多人和事没有收录其中，但是已经能让我们更全面地了解马连良。

时代在发展，社会在变迁，但老一辈艺术家的文化修养与追求仍然是值得今天青年戏曲演员学习与思考的。

赵珩

癸卯长夏于彀外书屋

留作他年记事珠

怀念学津先生

　　学津去世已经九年了，他比我大七岁，今年恰逢是他的八十诞辰。

　　小时候是哪一年见到学津、学海兄弟，已经记不太清，大约应该是在20世纪50年代中期。那时学津、学海还都在北京戏校学习。

　　张君秋是我祖父的义子，早在20世纪30年代中，君秋就经常在我家，甚至有时就住在东总布胡同61号（旧门牌，今34号），家里有事，也是他哥哥君杰跑来找他。祖父也给君秋编过剧本，不过，大多改编明清传奇，因文辞过雅，仅有《凤双栖》一剧正式演出过。

　　1950年我的祖父因突发脑出血去世，彼时君秋还在香港。后来他从香港回京，立即去了西郊福田公墓我祖父的墓前磕头。此后，除了每年除夕午夜都来我两位祖母家分别辞岁拜年之外，也会一年来两三次。我的老祖母住在东四十条，而祖母住在东四二条，因此每次仅只能去一处，但都以"娘"相称。

在我的印象中，我的祖母喜欢吴励箴，因此来二条是和吴励箴夫人一起来较多，而去十条则多是与赵太太和吴太太一起。凡是与赵太太一起来的时候，则经常会带着学津和学海。学津和学海是孪生兄弟，少年时长得酷似，小名就叫大喜子、二喜子。

20世纪50年代末，君秋和赵太太带着学津、学海来十条，我的老祖母总会留他们吃饭。张家规矩大，据说孩子吃饭时都不上桌，于是就和我在廊子上一起在小桌上吃饭。说是"小桌"，其实不过是一张较大的红木机凳，三面放上小椅子，那就是我和学津、学海的饭桌。因为年龄毕竟差着六七岁，太小的时候可能也不会和他们同桌，大概是九岁时才能和他们兄弟在一起玩，一起吃饭。那时的学津和学海长得都还很单薄，瘦高个儿，规矩得很，不苟言笑，不像我在家那样自由放肆。长辈说话，他们兄弟也不参与，都是坐在角落里，记得仅有一次祖母问到他们的学业，君秋夫妇才叫他们唱了几句。吃饭时，都是预先拨出菜饭，送到我们三人的小桌上，两人都很腼腆、谦让，绝对不会狼吞虎咽。饭后，我也会向他们兄弟俩显摆一下我的小人书，或是在院子里舞刀弄枪地玩上一会儿。

他们两人20世纪60年代初在戏校时，学津学的是余派老生，在毕业后才正式拜了马连良先生为师，而学海学了麒派老生，大概这也是君秋的良苦用心。他们俩毕业后，基本就没有和君秋夫妇一起来过我家，我也就没有再见到他们了。倒是学敏首场登台《望江亭》，是君秋为其把场，还特地安排了汽车，

留作他年记事珠

马连良（左）与张学津（右）

分别到两处接我两位祖母去看戏。

学津拜了马先生后，学了不少马先生晚年经常演出的剧目，基本都是安工和衰派老生戏。那时学津被分配在北京实验京剧团，演出的机会相对比较多，当时《北京日报》的戏剧电影广告版上经常能看到他贴演的剧目，只是彼时北京各剧场演出很多，像马先生、谭先生、李少春等众多名家还都活跃在舞台上，因此几乎没有看过几出学津他们这些青年演员的戏。到了20世纪60年代中期，提倡上演现代京剧，学津以一出反映农村阶级斗争的现代戏《箭杆河边》而一炮打响。我虽然没有去剧场看过，但是当时的收音机里几乎每天播放他《箭杆河边》里"劝癞子"的反二黄唱段，甚至传唱闾巷之间，普及速度很快，成为那段时间的经典唱段。

后来学津调到了上海工作，我们一直没有见过面，直到他在20世纪80年代初调回北京。

记得学津调回北京后的最早几场演出是在西单剧场，也就是旧时的哈尔飞戏院，20世纪50年代到60年代为北京曲剧团占用，很少上演京剧，20世纪80年代初开始为吴素秋、姜铁麟的演出地。学津返京后最初的演出即安排于此。忘记是学津通过什么关系送了戏票，两三场他的戏都看了。印象最深的是他和黄汝萍的《三娘教子》和《苏武牧羊》。《三娘教子》于刚恢复传统戏的青年观众来说，是相对比较"温"的剧目，要想讨好并不容易，但是那天学津的老薛保完全是按照马先生的路子，神态、身段、白口、做派、唱腔都是做到了恰到好处，声情并茂，与黄汝萍的三娘丝丝入扣。当年我看过马先生与君秋、与李世济、与李毓芳的《三娘教子》，都是一点不温，唱念做处处入情入理，感人至深。学津重返北京后的几场演出，使得他在北京观众中树立了马派继承人的地位。

学津返京后，演出的剧目不少，也看过不少，较之他刚出科时已经达到了一个更高的境界。后来出现了京剧的“音配像”，凡马先生的剧目配像，大多都是由学津担任。那个年代，在剧场看过马先生演出的人已经不多了，因此，这些“音配像”让许多观众心中的马连良就是张学津的形象。这也说明学津的舞台形象得到了多数观众的认可。其实，单就形象而言，在马先生的诸多弟子中，面貌最不像马先生的可以说就数学津了。学津的个子比马先生高出半头，眼睛比较突出，很多人说学津长得像君秋，其实他更像赵氏夫人，像君秋还远不如像他的母亲的程度。甚至有时在睁大眼睛时露出眼白，缺乏马先生的含蓄和内敛，更是与马先生有很大的差异。既如此，为什么学津给马先生配像能得到观众的认同呢？那就是学津深得马派的神韵。

皮黄自从班社制过渡到明星制，流派就是演员安身立命的所在。什么是流派？说白了，就是演员独到的演唱韵味和表演风格。以老生行为例，从前、后三鼎甲开始，可以说一直延续到20世纪50年代。流派的形成不但有继承，更有发展。以老谭派的继承为例，余、言、高、马无不是在老谭派的基础上发展而形成，而余、言、高、马在自己风格流派的形成中，也无不经历了既得到观众拥戴与认可，也同时受到批评与诟病的艰难过程。

学津自幼在戏校学习，当时许多优秀教师还都健在，他不但得到了坐科基本功的严格训练，在老生行当上也受到许多名师的教诲。这就比后来的晚一辈学生有着得天独厚的条件。因此学津自幼打下了坚实的基础。20世纪60年代初拜了马先生之后，更是由于当时马、张之间的合作关系，学津可以说是得到了更多马先生的亲炙。这就是学津得马派韵致的原因。

最后一次见到学津，是在2005年5月由中国戏曲学院主持召开的"京剧的历史、现状与未来"研讨会上，地点是在广安门内的建银大厦，与会者一百六十多人，除了戏曲界的业内人士，也邀请了社会各个方面的学者专家参加。我有幸应邀与会，分配在业外人士组。我们这一组的人员很杂，除了部分戏曲研究者，也有像中科院物理所的何祚庥、无线电所的许孔时等，除了许孔时先生是熟人外，大部分都不太熟悉。而行内人士中倒是有些熟人。因此除了开大会外，吃饭、休息时接触、聊天最多的就是学津和朱文相了。或者说，这二位还多了一层世交的关系，文相与我家是三代世交，学津又是自幼相识。休息时聊起我和学津、学海昆仲同在小饭桌上吃饭的往事，学津居然记忆犹新，连那两处的院子都能大概说清。

学津是直率的人，我记得下午的大会发言，第一个发言的好像就是学津，他对当前京剧面临的现状和未来的发展都提出了十分到位的意见，有些是非常犀利、尖锐的，例如当前院团体制的弊病，新编剧目存在的问题，讲得十分尖锐，甚至出乎我的意料。他说："从前梅先生排出新戏，上座空前，一出新戏的收入能买无量大人胡同的一所房子。马先生排出新戏，能置办几箱最好的行头。但是我们现在的新编戏，演出不了多少场，都没有立住，有的还得到处送票。大制作、大乐队，最后还得每年花钱租库房，存放道具行头，这种浪费是在梅先生、马先生那时不可想象的。"对于青年演员的培养，学津也提出了种种存在的问题，如演出机会少，青年演员会的戏少得可怜，翻来覆去就那几出戏，能会二三十出戏的就很不错了，也以"艺术家"自诩，如此现状，何谈京剧继承与发展？当时我和中科院的许孔时先生坐在台下，都对学津发言的坦诚和尖锐表示十分赞同。

彼时我还在职，因为还有其他工作，第二天参加完小组讨论，我就告假离会了，临走正好在走廊里碰到了学津出来休息，他送我到大厦门口，我们在大厅里告别，没有想到这竟是我与学津的最后一次见面。

平心而论，以学津从艺的基础和素养，以及先天条件，他应该有着更高的成就，但是由于种种原因，他并没有达到应有的高度，也没有形成他自己的完整风格，这是十分遗憾的。但是，学津的两大贡献是绝对不容忽视的。

其一是对马派艺术的继承与传播。学津一生以弘扬马派为己任，不但力所能及地恢复整理了很多马先生中晚年的演出剧目，身体力行地活跃于舞台，较好地展现了马派艺术的魅力，做到了流派的传承。同时，他也为马先生留下的录音资料配以更多的形象诠释，这些配像资料在很大程度上使观众对前辈的艺术风范有了较为直观的了解，可谓功不可没。

其二是晚年对于马派传人的培养。学津晚年门人弟子不少，年龄差距也很悬殊，可喜的是他培养了像朱强、高彤、穆雨等一批优秀的马派再传弟子，在学津的教诲下，他们不仅在唱腔上深得马派的韵味，在表演和气质上也得到了很好的传承，成为当下活跃在舞台上的马派中坚。更可喜的是，在他们继承的同时，马派又有了第四代传人，如朱强、高彤等都有了自己的学生。如朱强弟子张凯等，也开始在舞台上逐渐崭露头角，诚为可喜。对于马派艺术的薪火相传，学津功莫大焉。我想，在学津八十周年诞辰之际，他是可以含笑于九泉的。

哭宗汉兄 *

——最后能与交谈旧事的人走了

一

　　刚从医院出院不几天，躲过三年疫情而未"阳"过的我，终于赶了个末班车，我和内子终于都"阳"了，高烧不退。内子至今仍在 ICU 中监护。接着就传来黄永玉先生、孙机先生等去世的消息。北京燕山出版社的夏艳老总是非常讲礼数、重情义的人，每次必要我替燕山社拟写挽联，从楼宇栋先生到孙机先生，每次都要我写两副，一副以出版社名义，一副以《收藏家》名义，在下文采有限，实在是勉为其难，如果不是夏总的要求，真是力不从心。

　　万万没有想到，这次刚刚"阳"上，就收到了学生李其功和刘宗汉义子朱天的微信，报知宗汉先生突然在西苑医院因新冠并发多种基础病而去世的消息，这是我万万没有想到的。我

---

* 本文发表于《北京晚报·五色土》，2023年6月28日，收录时有改动。

与宗汉兄没有微信，早先他知道我不爱使用微信，于是仅与内子吴丽娱之间有微信，宗汉喜欢戏曲，我们都与戏曲界朋友有所往来，这些消息也都是由内子转发。而这次内子住进ICU，这个噩耗也只能从其功和朱天处得知了。当这消息出现在眼前时，真是泪不能收，久久不能自已。接着是中华书局的讣闻，据说是出自张继海副总编的手笔，言简意赅，十分周到中肯。

我与宗汉兄是两代世交，在中华书局时，他对先君先慈执弟子礼甚恭，几次在香山饭店召开全国古籍整理规划会议，宗汉兄都是工作人员，会议之余，总是随侍先君夫妇游香山，留下了不少诗作，后整理抄录给我。宗汉兄虽长我九岁，但是总以"老兄"称之，让我实在愧不敢当。我们不用微信，宗汉兄常来电话，一个电话能打上一个半小时之多，甚至不止。

二

至于我家与朱家的关系，那就是四代的世交了。

我从六七岁时就随祖母去东四八条朱家玩，朱桂老（启钤）住在中后院，不太常见，但印象很深。至于朱二爷海北（乳名老铁），与祖母稔熟，除了同在东城政协学习和文娱活动，两

留作他年记事珠

家走动频繁，有时张学铭他们郎舅也同来二条走动，我和这两位就没大没小了。于是朱天总有个错误，把我认作是他爷爷辈的人，我纠正他多次也不改，真是让我哭笑不得。其实我与文相、丹菊才是一辈人。当年我去八条玩的时候，宗汉兄还没有到桂老身边，彼时他中学尚未毕业。后来，宗汉兄考入北京大学历史系，可惜因体弱未能入学深造，殊为憾事。不久后，他才来到朱桂老身边，协助桂老整理资料，成为了朱桂老身边并没有真正名义的"秘书"。

宗汉兄算不得出身文化世家，但是他旧学根底甚好，从小读的书多，谙熟文化旧事，学界掌故，经史子集出处谙熟，后来入中华书局工作，自然得到许多老先生首肯和赞许。半个多世纪之前，因种种历史原因，未能得到"正途出身"的有不少这样的人：老一辈有罗继祖、王仲闻等，中年的有刘叶秋、袁行云、石继昌等，年轻的则有刘宗汉等。这些人有些共同特点，或是旧学世家出身，从小得到旧学的教育基础，或是因其他社会关系，能得到文化耆旧的濡染。这些人在崇尚新学的年代尚能有读经读史的一隅之地，或是谙熟学界掌故、官场旧闻、儒林旧事。我在与许多年轻朋友聊天时，时常和他们谈到，旧时的社会关系离不开这五种社会关系：那就是乡梓关系、科名关系、师承关系、僚属关系、姻亲关系。这些关系盘根错节，形成了中国特殊的所谓上流社会，而这部分有些旧学根底的人，大多对此都是有较深了解的人。对于中国的学术史和社会学，这是必须具备的知识。

在南方的许多中小城市中，则更不乏这类不入流的旧式学人，有的甚至年龄不大，他们在学术界是不入主流的，甚至不少出身寒门，读书不易。有如明代宋濂雪夜往返借书，秉烛抄录。更有不少人终生未能进入学界和仕途。

2001年，我的小书《老饕漫笔》出版，宗汉兄居然在中华书局的《书品》*写了六篇书评，分六期刊载了一年，这在《书品》有史以来是绝无仅有的先例。内容都是由《老饕漫笔》借题发挥，抒发自己的观感。精彩的是，大多是为拙文拾遗补缺，都很周详且一语中的。《老饕漫笔》出版后，只有两人所作的注释最为可圈可点，一是日文版的译者铃木博先生，作为一位日本译者能如此注释精到，实在令我惊叹。另一位就是宗汉兄，抉隐发微，注疏能形成六篇长文，更是难得。

宗汉兄生于北京，久居东四南大街，对于京城掌故、宅门旧事、学界往还、文林恩怨，乃至工商、旧贾之间的发迹成败，无不通晓，但凡有疑惑不解，一个电话请教，大多都能答疑解惑，实在令人佩服。

宗汉兄谦虚，也有来电询问我些旧事，他都能一再追问，甚至发挥许多我所想不到的问题。大多是来自他对旧时社会的深入了解。

---

* 中华书局主办的书评性刊物，初为双月刊，2013年起改为季刊。

三

宗汉对于戏曲了解也不少，虽然当时生活条件所限，看戏不如我多，对于梨园掌故却了如指掌，加上与文相、丹菊夫妇的关系，对京剧十分熟悉，他通过和内子微信转我的大多是此类文章，内子对此兴趣不大，也就是每次如实再转发我而已。宗汉兄对这类文章几乎从来不加评论，也不发表自己的看法，更不臧否人物，也足见他为人的厚道。

以上谈到的这批新时代的旧式学者，有他们自身的特点，一是在新时代没有正规名牌学历，或者因故未能学非所用，或因其他问题未能进入主流学术机构。他们未能接受新学术思想教育和学术理念。也写不了新时代学术逻辑的论文。这些都是他们被摒弃在学术圈子之外的原因。如今，文史学界是以20世纪80、90年代文史博士硕士为学术主流的时代，也是当红的学术前沿。随着时代的前进，更会有新一代的学术思想接续。像宗汉兄这样的人已经是最后的落伍旧式文人了。

这批人所承继的是尚能作旧体文言，甚至粗通四六骈文，即兴诗词，作尚工整的楹联。提笔能书，格式不谬，也就算是难得了。我住院期间，夏艳总编来探望，带来了新出版的《沈从文批注丝绣笔记》，说是给我病中解闷。是书由朱启钤先生手书集成，再由沈从文先生批注。线装影印，函套装帧精良，十分珍贵。而前面的序则是由宗汉兄工楷手书，用乌丝栏中

《沈从文批注丝绣笔记》书影

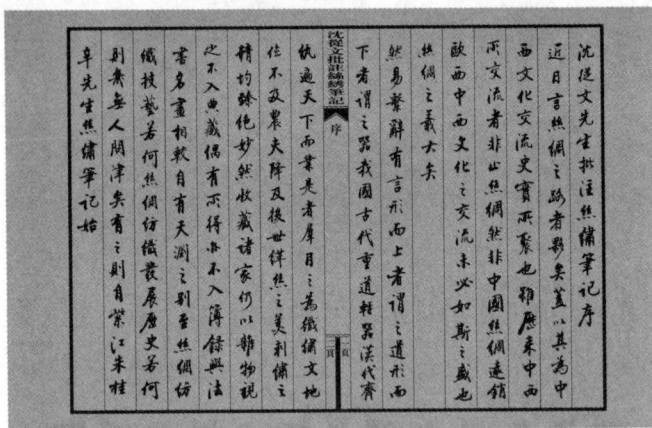

刘宗汉为新出版的《沈从文批注丝绣笔记》所写的序言（部分）

留作他年记事珠

加鱼尾笺纸缮写，后属"戊戌新正后学刘宗汉谨序"。也就是2018年的旧历元旦。

当时深感宗汉兄笔力犹健，尤其是对前辈的尊重凝于神气之中。严格而论，宗汉兄算不得是书家，甚至有人批评他的字略俗。对此，我并不回护誉美，宗汉兄的字确实缺少自己的风格和灵动之气，这也和他做人一样，恪守旧式文化人的规矩与风范，没有剑拔弩张的嚣张之气，于是也就平稳而不见锋芒了。尽管如此，我的第三本小书《旧时风物》还是请宗汉兄题签，我想，这个题目是再合适他不过了。

很多年前，上海陆灏兄曾写过一篇关于我的文字，题目是《不老的老人》，彼时我大约五十岁，确实不算老。而陆灏兄才三十多岁，如今我已年过古稀而望八，他也年过六旬了。时光荏苒，物换星移，这也是不可抗拒的规律。

以旧学的根底而论，我是远不如宗汉兄的，而以新学术而言，我更非是正途出身，只能写些闲笔小文，供人茶余饭后消遣，更是不敢跻身"旧文化"的圈子。

宗汉兄从小身体不好，尤其是患有严重的哮喘。晚年幸有其功等年轻人随侍身边，还是一直在笔耕不辍的，每念此，也替他感到欣慰。尤其是搬入新居，我一直十分挂念，希望能去看看他，更希望其功陪他来我这儿小坐。6月我因肠道问题住院治疗，万万没有想到病中竟收到小天和其功的微信，真是始料未及的噩耗。

宗汉走了，最后能与交谈旧事的人走了，很多话题，在我们来说都似是昨天的往事，而对今天许多身边的年轻朋友而言，好似开元天宝旧事。哭宗汉，不仅是宗汉兄，似是一段时光的终结。

病中之恸，当是大忌，本想不写了，无奈难罢所欲言，谨以小文，送别宗汉兄罢。

赵珩

癸卯端阳后 病中于彀外书屋

留作他年记事珠

北京

北京文化是含蓄厚重的美 *

◊ **当大夫是个历史误会**

我的曾祖父和曾伯祖父都是跟中国近代史有密切联系的人，父亲曾是中华书局的副总编辑，负责过"二十四史"的整理工作。我曾经担任过北京燕山出版社的总编辑，当了十六年，不过现在退下来了。

我从小就喜欢文史，也算有一些家学，但说实话更多的是来源于自己对文史的喜爱。因为我父亲那时候也非常忙，我主要是自修。小时候就独自在父亲的书房里面翻书，一直接触的就是这些东西。受的教育也有点例外，不是中规中矩一板一眼的。在学校我的数理化很勉强，但是我的文科较好，由于赶上"文化大革命"，没能有上大学的机会，是后来到了医院才考的中医学院，学历我认为不重要，关键还是在自己。

---

* 本文据作者在首都图书馆讲座录音整理。

我的经历在同龄人中也比较特殊，我的人生也算顺利，所以还能有个读书的机会。还有由于家世、背景等各方面原因，接触的社会面比较广，跟老一代学人交流也比较多，他们大多是年龄比我大二十到三十岁的人，现在大部分都去世了。因为我对旧事旧人了解得多些，对于一些掌故比较熟悉，所以与他们交流没有什么代沟。多年来接触这些东西，记忆力也还算不错，所以旧学的根底还是比较牢固的，小时候学的古文至今还能背诵。

　　我是学医出身，是先到的医院，后去考的医学院校。当大夫当了将近十一年，但那是一个历史误会，早不当了。因为我并不喜欢医学，终究还是干了文史。

　　那个时候有一个机会，北京燕山出版社要办一个收藏类的刊物，就找到我，让我写一个企划。我写了之后，他们觉得不错，就想让我留在出版社。先去干了半年，之后他们非让我把关系转过去，这是1985年的事情。从那时开始，后来当《燕都》杂志的编辑室主任、第一编辑室主任、总编助理、副总编，后来居然当了十六年的总编辑，一直到2009年退休，但我觉得很不称职。

◊ 京味文化不能代替北京文化

我不太赞成"京味文化"这个提法，我认为这是不能够涵盖整个北京文化的。这是我们在宣传北京文化中的一个误区：就是将所谓的京味文化来代替北京文化。

京味文化就是将北京文化市井化了。什么叫市井化，就是以下层文化代替整体文化，北京文化是多元的文化，它不是市井文化所能完全代表的。北京作为八百年来的帝都，有它的宫廷文化和大量知识分子造就的士大夫文化，其中的市井文化只能占一小部分，不能代替整个的文化全貌。就拿北京语言来说，旧时代不是所有的北京人说的北京话都是一样的，不同社会阶层的语言是不同的，因此也不能拿市井的语言代表整个北京的语言，这都是错误的。有的外地人到北京说，你们北京宣传的京味儿就是那种老北京的调侃，其实是片面的。北京文化是一个多重文化的组合，它的包容性体现在方方面面，不仅是一个"京味儿"所能涵盖得了的。从辽金算起，北京做了五代的陪都和全国的首都，除了明代是汉族政权，其他四朝都是北方少数民族政权，不可能不带有多民族的影响，应该说，北京文化是多民族的共同创造。

北京近一百年来生活方式的变迁，我认为超过了以往的一千年，变化的速度非常快。影响北京文化和社会生活方式变迁的，我认为有三个：第一是发生在北京或与北京有关的七次大的政治与文化变革；第二是北京三次相对大规模的人口迁徙；第三是20世纪80年代以后，两大媒体介入生活，即20世纪80年代中叶的电视和20世纪90年代后的互联网，改变了人们的生活方式、思维方式和生活理念。

七次大的政治与文化变革，其中1928年的北京迁都，一般人不太注意，但我认为非常重要，北京不再作为政治中心，结束了八百年的首都光环。北京因此被称为旧都、故都、古都，它摆脱了政治中心的沉重负担，发生了一次城市的转型，单纯作为一个有着深厚文化积淀的古都城市。这一段时期也是北京文化教育相对繁荣的时期。北京的教育和院校甲于天下，1925年辅仁大学建立，1928年清华学堂改为清华大学，1930年北京大学开启蒋梦麟时代，还有像中国大学的社会学系、朝阳大学的法学系等，各方面的精英、人才都汇集到此。

这是一个城市转型的时期。北京开始从一个政治中心转变成一个文化中心，没有了那种沉重的政治负担，当然也遇到了政治和经济上的萧条，北京的东西都在降格，北京也从全国中心降到特别市，但是在萧条的同时也出现了一种相对的宁静，孕育着一次文化的崛起。

人们总在将要失去的时候紧紧抓住，北京不再作为全国的首都，因此人们想抓住它作为古都最后的辉煌，所以北京在文物古迹方面，成为世界瞩目的都市遗存，在发展文化教育方面也卓有成就，这也是不容忽略的。因此北京成了一个传统文化

留作他年记事珠

的中心和传统文化的窗口。1949年中华人民共和国的建立，又使北京重新回归政治中心，那时许多人还希望它成为一个经济中心。1979年以后的三十年，是我们最了不起的三十年，飞速发展，走在了世界的前列，是历史上无法比拟的年代，但是我们的得与失也是并存的。

δ 我们付出的代价太大了

有些认识的转变需要时间，我们在北京大规模建设的同时也付出了沉重的代价。今天的北京现在已经没有办法去谈一个整体的保护，在这个问题上，我们迟到了六十年，现在几乎没有保护的基础了。就像一串珍珠项链，本来由一百颗珍珠串成，现在八十八颗都丢了，可能还剩了十二颗，我们也就只能孤立地保留这十二颗而已，再不要把它拆毁了，也不要再复建了，文物是不可再生的。

在世界城市中，但凡是在二战中没有被全部破坏的（如米兰、科隆是被完全破坏的），无论是伦敦、巴黎、东京，你十几年不去，也不会有太大的变化，还能找到原来的街，原来的小巷，甚至是多年的小铺子。日本人很保守，比如你吃一种烧肉，每次去都是一样的厚度，原来一碟给四片，现在也还是，味道还是原来几十年前的味道，但并不能说这个国家不发展，它的经济，科技都改变了，但它可以保持一个城市原本的东西，一种传统。

我写过几本随笔，谈到一些旧时的生活的场景，当时的廊子、帘子，或者人们不注意的文房用品以及庭院里面的花卉等，想去追述一些以往或者说已经消逝的东西。社会的发展总会有些东西兴起，有些东西消失了，是很自然的，我觉得对于这些东西应该用一种很平和的心态来看待，有很多东西是一个客观的历史存在。我不主张完全复旧，你可以复制原来的东西，但你不可能再造那种氛围。比如，今天你修一个与旧时完全一样的四合院，就是你躲在里面不出来，但那时候的空气、声响，氛围是不可再造的。例如春天天空中飞翔鸽子的鸽哨声、夏天的蝉鸣、秋日的虫声、冬夜的叫卖声，已经不复存在了。当你推开街门，走到外面，已经找不到昔日的感觉，不能相容了。时代不同，心态也会发生变化。我们应该用一种平和的心态去看待历史的变化。

今天的北京，已经是高楼林立。就算是城区里为数不多的四合院，房子原有几间廊子，现在也都搭建小厨房了，廊子或给推出来，把室内面积扩大了。廊子是什么，廊子是室内和室外的过渡，可以把室内的东西延伸到室外，比如你赏雨，你坐在屋子里赏雨，有玻璃窗隔着，这是一种感觉。但是你坐在廊子里赏雨，零距离接触，跟在屋里看就是不一样。廊檐下挂着竹帘或苇帘，帘子是怕太阳光直晒到屋里，当太阳直射的时候

　　　　　　　　留作他年记事珠

把帘子放下来，当太阳落山的时候，把帘子卷起来，就是这种生活场景，这种宁静，现在找不到了，那时候的生活节奏慢，没有那么大的跨度。

不光是中国，世界的潮流也是这样，科技的进步，政治、经济，方方面面，使人浮躁，生活得很累，缺乏一种安逸和宁静，就是到农村，也找不到一种田园般的生活。但是时代是要往前发展的，在尽情享受现代物质文明的同时，也会失去许多。你总得做出许多牺牲，得和失是并存的。可是几十年来我们付出的代价太大了，我们的城墙拆了，城门没有了，很多应该保护的地方不复存在了。我们前些年还讲恢复古都风貌，但是，貌之不存，风将焉复？

○ **梦境的寻找**

从文学气质上讲，常常谈到梦境的寻找，人往往会做梦，有时梦到自己二十年前走过的街，穿过的胡同，居住过的房屋。在世界上许多古老的城市，醒来之后，也许你还会找到梦中的雪泥鸿爪，寻找到梦中的东西。但是如果在今天的北京，你做了一个二十年前的梦，你要是起来之后再去寻找你梦境中的东西，很难再找到任何痕迹。几十年来，北京的变化太大，我们常常用的"日新月异"，这个词在城市的发展中，是褒义还是贬义，我感到困惑。我讲课的时候，常常在 PPT 中使用很多老照片，但这些照片上的内容，在今天是很难再找到了。

𝒪 我们的东西其实很美

北京文化一个是实体的东西，实体文化没有办法复制，因为文物没有再生性，时代的氛围更是没办法复制，历史也没有假如。对于今天尚存的东西不要再拆了，要真正保护好那些尚存的文物，不再进行破坏性的修复。失去的东西有没有复建价值？这是个值得讨论的问题。复建的绝不是原有的。我更反对去建造一些假古董。前代给我们留下了值得珍视的东西，那么我们这个时代会给未来留下什么？希望我们将更多的财力花在文化教育方面，花在公益性的文化设施上，也留给后人更有时代特色的东西，这些或许都是将来的"文物"，未来的人也应该惊叹和赞美我们这个时代的伟大创造。

我更重视的是精神层面的东西，我们应该了解传统。

有些东西正在走向消亡，比如人与人的交流方式，现在一般是 E-mail，用简单的电脑语言，旧时的文体不存在了，甚至信札都会消失。书信原是很美的东西，是情感的表达，更是文学和艺术的结合，现代人很多不懂书信的格式，不懂原来的称谓。我们的文化传统出现了断层。我也不主张完全去复旧，但是应该了解原来的东西。我们传统文化的很多东西都在消逝。

现在的年轻人也不喜欢戏曲，但其实戏曲非常美，也非常深奥，远比通俗歌曲甚至西洋音乐丰富得多。知道巴赫的人不少，但有多少人知道朱载堉，恰恰是他发明了半音。中国戏曲的这种美。词句的美，曲调声腔的美需要平心静气地去感受。

中国人的审美是含蓄的，我以前在到北大给德国访问学者讲课时，举过这样一个例子，清末某一位文人，到别人家去赴宴。那时候很讲究，你要带着你的下人、衣包。吃完中饭，下午还要再聊一聊，饭后要漱口、洗脸、换衣服，都有这么一套程序。别人可能上午穿了一件软缎的宝蓝色的衣服，下午换一件玫瑰红的。其中有一位，学问也很好，家境也非常好，但穿得比别人都朴素，来的时候穿了一件秋香色（古铜色）毛葛的长衫，花样是本色暗花，从下摆往上是一只含苞待放的玉兰。你要不仔细看看不出花样，因为是本色暗花。吃完饭别人都换衣服了，你看他好像没换，质地颜色没变，花样也还是这一只斜向的玉兰。但你仔细观察，饭后这件衣服，花枝上所有原来含苞待放的花苞变为了怒放。在细微之处，讲究到家，也含蓄到家了，这才是中国文化深邃的东西。匠心用在极细微处，上午含苞待放，随着时间的推移，在原本的位置，所有的花苞都打开了。中国文化的那种深邃和美是含蓄的，并不张扬与凸显，北京文化也应该是一种含蓄而厚重的美。

京味戏剧与北京文化

——纪念北京人民艺术剧院建院60周年学术研讨会

　　说到"京味戏剧"，首先涉及它的定义，什么是"京味戏剧"？我想大抵不外具备三个基本要素，即以北京的历史文化和生活场景为创作依托；讲述发生在北京的故事；具有鲜明的北京语言特色。"京味戏剧"概念和名词的产生，不过是近三十年的事，在中国戏剧史上对"京味戏剧"并未有过明确的论述。

　　中国近代话剧的诞生地并不在北京，而是在上海。19世纪中叶，上海侨民自发组织剧社，演出西洋戏剧，吸引了少数中国知识分子。后来，在上海的教会学校的中国学生也以外语形式演出话剧。1906年李叔同组织了春柳社，1907年朱双云等创立了开明演剧会、王钟声等人成立了春阳社，演出话剧。当时以"说白"为主的戏剧被称为"新剧"或"文明戏"。1908年5月，王钟声带领春阳社来北京演出，才第一次让北京人亲眼看到了什么是话剧。

　　1911（辛亥）年冬天，北京艺人夏金生组织了一个小小新剧社，曾在北京的湖广会馆演过几场新剧，1912年周铸民又组织剧社，在燕喜堂演出过《宦海潮》《新茶花》等，但演出效果和上座情况并不理想。此后，北京的新剧销声匿迹。直到1921年陈大悲、李健吾等组织北京实验剧社，才又开始了新剧的演出活动，并于1922年创立了北京人艺戏剧专门学校。在这一时期，陈大悲和蒲伯英创作的新戏剧在北京演出，取得了较好的效果。1925年国立艺专恢复，赵太侔、余上沅以至后来回国的熊佛西仿效西方小剧场活动，排演了外国名剧和具有现实主义的剧目，奠定了北京话剧的基础。抗日战争期间和抗战胜利后，北京剧社和上海职业话剧团在北京演出了具有爱国主义思想的剧目，产生了良好的社会效应。在此期间，也同时上演了《雷雨》《原野》《钗头凤》《孔雀胆》等大型戏剧，尤其是焦菊隐导演的《夜店》，被称为"在北方戏剧中掀开了新的一页"。

北京话剧从诞生到中华人民共和国成立之前，基本没有"京味戏剧"的剧目，也没有"京味戏剧"的概念。1949年以后，首先是老舍先生以描写新旧社会变迁的话剧《龙须沟》上演，开创了京味话剧的先河。虽然，《龙须沟》有着明显的宣传和为时代服务的特点，但由于老舍先生对北京下层社会生活的熟悉和驾驭北京语言的非凡能力，使《龙须沟》的演出达到轰动的效果。同时，也为北京人民艺术剧院的建立和专用剧场（首都剧场）的出现，起到了重要作用。应该说，《龙须沟》是北京人艺的奠基之作，也是京味话剧的奠基之作。

20世纪50年代是"京味戏剧"的形成期，梅阡改编并导演的《骆驼祥子》首先演出，这是成功将老舍小说搬上戏剧舞台的范例，生动地表现了旧中国下层社会劳动阶级喜怒哀乐的情感世界，再现了20世纪20年代末北京的社会生活。与其说人们对《骆驼祥子》的了解是通过老舍创作于20世纪30年代的小说，毋宁说更多的是来源于话剧《骆驼祥子》。接着是老舍最成功的剧本《茶馆》问世并上演，他将"老裕泰"茶馆作为创作背景，用三幕话剧的形式反映了旧中国三个不同时期的社会变迁。剧中人物众多，个性鲜明，再由当时灿若群星的人艺演员给以准确、生动的演绎，众生百态跃然于舞台。《茶馆》在中国戏剧史上重要地位也由此奠定。与此同时，曹禺的《北京人》也成功搬上话剧舞台，虽然风格与老舍的京味戏剧有异，社会层面也有所不同，语言上也不像老舍剧作那样特色鲜明，却从另一角度表现了北京宅门的没落，以及新旧思想与生活方式的冲突和矛盾。20世纪50年代后期，老舍也创作过几部如《红大院》《女店员》一类应时话剧，虽然是时代所造成的老舍文学败笔，但就其生活背景和语言特色而言，也应该说是属于"京味戏剧"的范畴。反之，在此期间人艺上演过的其他话剧如田汉的《名优之死》和青艺上演的吴祖光的《风雪夜归人》等，虽然主要人物与北京有关，但由于背景模糊，又缺乏鲜明的北京语言特色，因此并不能归入"京味戏剧"一类之中。

改革开放以来，"京味戏剧"异军突起，从内容上看，很大程度上反映了当今社会北京人的生活变化，或反映了北京社会的变迁，成为新历史时期北京的写照与缩影。较为宽松的政治与社会环境给了作家宽松的创作空间，更多的生活场景得以展示，更多的人物内心世界得以发掘，更多的思想矛盾和社会冲突得以表达，但又无不以北京的生活背景为依托。在语言特色上，不但继承了老北京的特色，还大胆加入了因时代演进而生成的流行语汇，使舞台人物与观众之间形成了更为亲切的交融。

从20世纪80年代以来，李龙云的《小井胡同》，中杰英的《北京大爷》，过士行的《鸟人》《鱼人》《棋人》、何冀平的《天下第一楼》，郑天玮的《古玩》、刘恒的《窝头会馆》、蓝荫海的《䁖见胡同》《吉祥胡同甲五号》等，以及最近郑天玮的《王府井》，无不是以北京生活为创作背景的戏剧。他们在一定程度上继承了"京味戏剧"的传统模式，尽可能在舞台空间展现北京近现代乃至当代历史长河中的人物和事件。同时，作家也在努力地亲和着人艺的演出风格，换言之，其剧目是为人艺的演出风格量身定做的。

20世纪80年代以来的"京味戏剧"，我们或可称之为新"京味戏剧"，大体可分为两类：一是演绎旧时北京题材或生活场景的戏剧，如《天下第一楼》《古玩》等，新编导的《正红旗下》《四世同堂》也可以归属在这一类中。二是反映当代北京生活的剧目，如《鸟人》《棋人》《北京大爷》等，这些戏剧不但充分表现了新时代生活中的戏剧冲突，同时也运用了北京的语言特色，尤其是更多地运用了现代的诙谐与调侃，因而使"京味戏剧"更具时代色彩和特征，使京味戏剧得到了动态的延伸。

我们在为"京味戏剧"喝彩的同时，也会发现当代"京味戏剧"题材的偏狭，以及当代"京味戏剧"在继承与创新中的先天不足，甚至发现"京味戏剧"艺术风格中隐约的程式化。因此，我们也不无遗憾地感到"京味戏剧"尚缺乏原创精神，缺乏像《茶馆》那样能经得住时间检验的经典之作。

当《骆驼祥子》《茶馆》最初上演时，观众会感叹舞台还原和浓缩了一个逝去的年代，一个与现实发生了巨大反差的时空，虽然这种空间的转换才不过三四十年的时间。当《小井胡同》搬上舞台时，人们会觉得就像昨天的经历，于是感同身受，置身戏中。"京味戏剧"的魅力就在于剧情贴近生活，又通过语言、形体、服装、舞美等综合艺术形式，完成淋漓尽致的发挥。

应该说，"京味戏剧"在近代戏剧史上占有重要的地位，是近代戏剧中不可缺少的一个组成部分。"京味戏剧"所表现的现实主义题材以及白描式的表现手法，是现代话剧中极富表现力而又独具特色的形式，也绝不因其地方语言特点而产生表述的障碍。以《茶馆》为例，它曾巡回演出于世界各地，也曾演出于不同的城市，从来没有因语言和历史文化背景的差异而不被接受，反而产生强烈的反响和轰动效应。关键在于它体现了一种气质与精神，一种蕴含其内的民族性。戏剧不是语言的堆砌，"京味戏剧"并非靠纯熟的北京语言特色和调侃取悦观众，而是依赖其中的深刻内容和思想。像过士行的《鸟人》等一批新京味戏剧，就是较有思想深度的作品，不但在表现手法上别开生面，突破了原来京味戏剧的形式，也留给观众更多的思考。

戏剧创作来源于生活，"京味戏剧"的创作源泉也同样来源于北京的历史文化。虽然"京味文化"一词尚待界定和探讨，但它无疑植根于北京生活的土壤。

值得注意的是，这片生活的土壤在近三十年的时间里发生了和正在发生着巨大的变化。随着现代化都市日新月异的发展，原来的生活场景离我们越来越远，不要说《骆驼祥子》《茶馆》所发生的年代，就是像《小井胡同》《北京大爷》的那些生活场景与时代特征也在逐渐消失。北京与其他城市的分野在渐渐地淡化，"四合院文化"将不复存在。再看北京的社会结构，这些年来也在发生着急剧的变化，外来人口大量涌入北京，形成了一个庞大的新群体，原来的"老北京"概念即将成为历史名词。生活方式是决定和影响思维方式的重要因素，而今天北京人的思维方式和价值观与原来的已经大相径庭，生活节奏也基本与其他大城市同步。

再说到语言环境的改变，旧北京语言也并不是完全一致的，四九城不同的区域有不同的生活习惯和语言特色，不同的社会阶层更有着突出的差异，《骆驼祥子》里的语言绝不同于

《北京人》里的语言。"京味儿"在很大程度上是通过语言来传达的，因此在"京味戏剧"中对语言的把握就要极其准确。老舍先生在这方面就是大家，老一辈的人艺导演如焦菊隐、梅阡，当代的林兆华，也是能将舞台语言自然传达给观众的高手。然而，今天北京的语言特色正在逐渐消失，我们只能从当代的时尚语汇中去捕捉能引起观众共鸣的语言，这还是不是"京味儿"？也是值得思考的。

综上所述，"京味戏剧"当前面临着一个如何生存和发展的问题。享誉国内外的北京人艺也同样面临着一个在新的历史时期如何诠释"京味戏剧"，如何更准确地表达"京味戏剧"精髓文化的课题。因此，想就此谈几点粗浅的看法：

⊘ 拓展"京味戏剧"在历史发展过程中的多元性

从"京味戏剧"近几十年的历史来看，我们的剧本题材多局限于市井或下层社会，似乎只有这样才能更贴近生活，赢得最广大的观众。语言作为思想的载体和传达的桥梁，诚然应该力求表现观众所熟悉的社会层面，但从北京文化的发展历史来看，北京文化始终处在一个动态的发展过程中，她所具有的包容性也形成了她的多元性。市井化的题材虽在"京味戏剧"中占有很大的比重，也有着北京人艺演出风格的品牌效应，但绝不应该是唯一的表现形式。而北京文化的动态发展与其多元性也应成为"京味戏剧"更广泛的创作源泉。

如何面对当前地域文化特色的消失和变异

近三十年是固有的北京文化迅速消失的三十年，社会经济的高速发展改变了北京人的生活方式和社会结构，思维方式、行为方式和价值取向都在发生着变化。语言模式随着信息化社会的发展已经不再具有鲜明的地域特征。换言之，就是我们传统、经典的"京味戏剧"中的语言特色也将会失去原有的光辉和当代观众的理解。曾几何时，除了戏剧表达内容和场景的再现，戏剧人物用语言直接传达给观众的戏剧效果也会受到一定程度的障碍。因此，"京味戏剧"需要更多地与剧场观众沟通。同时，也要在文化的动态发展中捕捉更多的时代特色，表现北京文化这种变异的戏剧冲突。

"京味戏剧"需要更多的文化内涵

北京人艺所打造的"京味戏剧"，最鲜明的特色是具有优秀的戏剧文学、优秀的演员和准确表现场景的舞台与剧场，这也是北京人艺生命力所在。从戏剧四要素论而言，北京人艺已经占有了主体三要素，因此，客体要素也就必然会形成。北京人艺的老一辈艺术家为之奠定了坚实的基础。精品的完成是要依赖于各个方面，缺一不可。剧本、演员、舞美、服装、道具应是一个有机的整体，北京人艺六十年来的经典剧目无不体现了这种整体的水平，也体现了北京人艺突出的文化层次。继往开来，走过六十年辉煌历程的北京人艺应继承这个传统，在剧本的打磨，导演的凝练，演员的修养，舞美的再现等各个方面加强更高文化层次的追求，尤其是人才的培养方面做到后继有人，在每一个阶段都有被观众和戏剧界所认同的领军人物。"江山代有才人出"，北京人艺的整体文化素养和文化内涵将是造就后继人才的宝贵财富。

我一直不太同意"京味文化"的提法，但不否认"京味戏剧"的存在。北京文化是一个经过漫长历史形成的庞大文化整体，源远流长，博大精深。它包含了诸多的物质文明与精神文明，也包含了这些文明在历史演进、承传中的动态表征，绝对不是"京味文化"所能蔽之的。北京文化也是多元的，正像"京味戏剧"一样，它所表现的社会空间也应该是多元的，市井文化并不是"京味戏剧"唯一的创作源泉，北京社会结构的复杂也非"京味儿"所能代表。因此，如何拓宽"京味戏剧"的创作空间，如何更好地把握"京味儿"的时代脉搏，是繁荣"京味戏剧"的重要方面。

　　　　　　　　　留作他年记事珠

"京味戏剧"无疑是中国现当代戏剧史上不可忽视的重要现象，也是中国戏剧史上的奇葩，同时，它又是北京文化中不可或缺的组成部分，希望北京人艺对"京味戏剧"的发展做出更多的贡献，有更大的发展，也有更多经得住时间检验的、隽永的经典之作。

跳出地域局限系统细致地研究北京多元文化*

𝌆 **北京的文化和氛围对身处其中的人带来的影响**

从我太高祖这一代起，除了中间有一段时间去外地做官，家族基本上就都在北京了。我的高祖、曾祖这几代，虽然在北京也不算特别显贵，但从定居北京开始，过得算比较安定。我祖父从1929年起，就没有再离开过北京。我是1948年12月24日出生，从此成长、读书、工作都在北京，对北京这个城市有着很深的感情。

我的家族跟中国近代史有着极密切的关系，我曾祖这一代，在清末九个封疆大吏中，我家就占了两席。我曾祖的哥哥、我的伯曾祖赵尔巽，在清末曾做过东三省总督，民国初，作为清末遗老，他希望能领修《清史稿》。没有经费，他通过和袁世凯的私人关系弄了点经费，成立了清史馆，从1915年起一直

---

* 本文据2019年光明网的采访稿整理。

留作他年记事珠

从事《清史稿》的修订工作。1927年，他已经八十四岁了，只好将手头书稿仓促成书，所以它不叫《清史》，因为本质上它还属于一个稿本，有待于修订和完善。我的亲曾祖赵尔丰跟辛亥革命有着密切关系，过去对他的评价贬多于褒，说他是镇压辛亥革命的刽子手，但是现在称他为"沉冤百年的民族英雄"，因为他在西藏的治理上实行了铁腕政策，实行改土归流，维护了国家的统一和领土完整，打击了国外尤其是英国势力对西藏的染指，所以现在对我曾祖的评价也很客观了。

生于斯，长于斯，我对北京这座城市十分熟悉，对北京的一些问题也相对比较了解。我一直很不赞成北京有一些人天天排斥外地人，动不动说什么这才是北京的，那才是北京的。历史上，北京一直是一个流动性很大的城市，例如朱家溍先生是浙江萧山人，王世襄先生是福建闽侯人，启功先生是旗人，祖上也是关外的，但他们都是北京人，都对北京有着深厚的感情。没有谁会是永远的北京人，往前推两三代、四五代可能都不是，但后来都成了北京人，甚至成了北京某一方面的代表人物。所以我一向很反对北京人和外地人的说法，外地来的人，只要在北京生存下来，将来都会变成北京人。北京的文化也是由全国各地文化综合而成，包容性很强。

作为"全国文化中心"，北京的特点和作用

北京是全国的文化中心，这是毫无疑问的。但我理解的全国文化中心有两层含义。

例如，从绘画角度看，中国绘画的中心从南北朝以后就基本全在江浙一带。汉唐时候的首都长安在陕西关中地区，文化中心也基本在那一带。晋南迁以后，随着政治中心的转移，文化也部分转移到江南。所以江浙－长三角地区、苏松杭嘉湖地区，是自东晋以来中国重要的文化所在地。这是士大夫阶层的，抑或是单纯的绘画艺术方面的文化中心。要想知道中国文化真正最美好、最深邃、最有意境的表现形式，只有在江南文化中寻找。这是另一种意义上的文化中心。

还有一种意义上的文化中心，就是因政治中心而成为文化中心。比如北宋的汴梁（今开封），南宋的临安（今杭州），元以后的北京，其政治中心属性使其同时也成了当时的文化中心。当政治中心到了北京以后，中央机构都设在这里，要从政、做学问、求学，全国各类人才势必都要集中到北京来。还有很多教育机构也设在北京，尤其是民国以来，像北大、清华是国立的，燕京辅仁是属于教会的，朝阳大学属于私立，这些学校都跟中央的政治中心有或多或少的关系。一些大的文化活动也会在北京举办，这就是政治中心造成的文化辐射和资源集中。甚至有时候当其不再是首都了，仍然可以是文化中心。比

如，1928年6月21日以后到1949年中华人民共和国成立前这段时间，北京不再作为全国首都，而是成了北平特别市，政治中心移到南京，但因为长期的影响，北平仍然是当时的文化中心。

文化的内涵也在于如何理解。比如改革开放初期，很多女孩子穿衣服都要效法上海，因为上海最时兴、最新潮，年轻人都追上海潮流。而在今天，北京自然是我们的文化中心，因为所有的政令都出于北京，中央机构设在北京，国内很多一流大学也在北京，一些国际文化交流活动在北京举行，北京成为我国的文化中心不言而喻，也是必然。从政治中心的角度讲，从元代到今天，北京已经有八百多年政治中心的历史，也造就了她今天全国文化中心的地位。

北京戏曲的流变、现状及传承

最开始的戏曲从根本上说属于高台教化，既有娱乐性质又有教育意义。北京的戏曲始于元代，元杂剧兴于北方，北京和元大都的戏曲作家大部分是大都人，还有一些是山西人。

南戏和元杂剧是南北对峙的两种艺术风格。南戏流行于江浙地区，元杂剧流行于北方。元杂剧从元代的散曲开始形成套曲，再演变成故事。像关汉卿、王实甫、纪君祥、白朴这些元杂剧名家，基本上都是北方人。《录鬼簿》里边记载了一百多位元曲作家，绝大部分是大都人和山西人。所以元代杂剧在北京的流行时间很久，和南戏在时间上是对应的。文学经历汉赋、唐诗、宋词，元代又从散曲到杂剧，王国维说元杂剧"足以当一代之文学"，说明元杂剧在文学史上的重要性。

戏曲从前有余姚腔、海盐腔、弋阳腔和昆山腔四大声腔，昆山腔是四大声腔里的小弟，但是后来发展得最好。海盐腔和余姚腔出自浙江，现在基本上都消亡了。弋阳腔是江西的，特别有意思的是，它源于江西，但江西没有保护好它，明代北上到了河北，河北倒是保护了弋阳腔，慢慢变成河北高腔，后来又变成京高腔。所以弋阳腔经北上转化成北方地区戏曲。

四大声腔中后来居上，也最重要的就是兴盛于明代嘉靖年间的昆山腔。昆山腔的形成有两个重要人物值得铭记，一个是音乐家魏良辅，他把流行于江苏一带的昆山腔细化，形成非常细腻的水磨调，因此后世不能忘记其对于声腔改良的重要贡献。当然，光有声腔不行，还得有演出的内容，所以第二个不能忘的是梁辰鱼，他首次用昆山腔改编了传奇《浣纱记》，讲范蠡和西施的故事，这也是昆曲传奇的奠基之作。好的声腔、好的剧本，二者相辅相成，造就了后来昆曲的流行。

当时的昆曲流行到什么程度呢？明嘉靖年间北京城里流行一句俗语，叫作"家家收拾起，户户不提防"。"收拾起"是昆曲《千忠戮·惨睹》中建文帝所唱名段【倾杯玉芙蓉】曲牌的第一句"收拾起大地山河一担装"，"不提防"是昆曲《长生殿·弹词》中乐师李龟年唱的名段【一枝花】曲牌的第一句"不提防余年值乱离"。这么雅的东西，连贩夫走卒都会唱。昆曲在北京的流行使得许多文人开始创作昆曲剧本，所以明嘉靖以后创作了大量唯美的传奇，像汤显祖的《临川四梦》，尤其是《牡丹亭》的唱词真是非常美！

前几年我和上海音乐学院副院长杨燕迪曾在西湖游艇上一起做了个小型讲座，他在前半段讲西洋古典音乐，我在后半段讲元杂剧到昆曲。他说9世纪以前，西洋人演奏的音乐在今天没有办法考证了，我也讲了元杂剧当时的声腔是什么样的，我们今天已经完全不知道了。有人提出，今天关汉卿的东西不是还在舞台上演吗，像《窦娥冤》《单刀会》《林冲夜奔》。其实这只是用昆腔去演唱这个剧目，却不是原本的元杂剧声腔。原来剩下的内容可能还有一点，但只是弋阳腔流传到河北高腔以后，用高腔去演一些很悲壮的昆曲或者元杂剧的剧本。比如说元杂剧关汉卿的《关大王独赴单刀会》，其中一段【新水令】完全用河北高腔去演唱，最后悲壮得不得了，例如从"大江东去浪千叠，驾着这小舟一叶"到最后的感叹"这哪里是江水，分明是二十年流不尽的英雄血"。还有一些很悲壮的东西，南昆虽然也演，但是北昆演出更为高亢。所谓北昆就是北方高腔，如《夜奔》。

当时不仅昆曲到了北京，河北的高腔、梆子腔也都到了北京。所以明代以来，北京的戏曲演出很是兴盛，首先是宫廷演出，其次是士大夫家里蓄养的戏班演出。私人蓄养的戏班在宅第间还可以借来借去。像《红楼梦》里面的芳官、藕官、琪官等都是家养戏班的人。当时还有一些营业性演出。清代康熙时候管除昆腔以外的其他所有剧种都叫乱弹，也就是所谓的花部；昆腔是正声，也叫雅部。花部的乱弹和雅部的正声，形成了对立。从官方的角度，是贬低花部乱弹的。康熙时候发过两道上谕，雍正时候也发了两道上谕，禁止旗人子弟到戏楼、茶园去听戏，怕他们声色犬马，不务正业。但到乾隆五十年发生了一个变化，徽班、汉调、梆子腔都进京为乾隆八十诞辰祝寿演出，自此，昆曲逐渐衰落，乱弹逐渐兴起。现在有些人讲京剧有二百二十年的历史，这个观点我不同意，京剧没有那么长的历史。徽班进京绝不等于京剧就形成了，这中间还有很长一段时间。我们今天看到的京剧，形成期应该是在道光、咸丰时期。而且原来没有京剧或京戏的名称，这个词出现得很晚，到了光绪末年才被上海人称为京班大戏或京戏。此前京剧就叫皮黄，就是汉调的西皮腔与徽调的二黄腔，徽汉合流形成皮黄。还有很多其他的声腔，比方说四平调、南梆子，各种声腔共同形成了京戏。

皮黄在北京最早流行于市面上一些营业性演出，在宫里面还是唱一些节令大戏或者是昆腔。到咸丰以后，逐渐连皇室也喜欢皮黄的声腔，尤其慈禧时代，故宫里面存的升平署档案记载当时虽然昆腔还很多，但演出越来越少，皮黄演出越来越多，这是一个很大的变化。清初，北京人人都会唱"家家收拾起，户户不提防"，到了后来无论贩夫走卒都会来两句《打渔杀家》中肖恩的"父女打鱼在河下"或《空城计》中诸葛亮的"我正在城楼观山景"。这就是京剧渐渐在北京取代昆曲地位的证明。

戏曲从二元素（观众和演员）论发展为三元素（演员、观众和剧本）论，再发展到后来的四元素（演员，观众，剧本和剧场，舞台）论。剧场和舞台是戏曲的载体，无论是希腊式剧场、罗马式剧场，都得有一个演出场地作为戏剧的载体存在。北京最早的戏曲载体是茶园，以喝茶为主，看戏为辅。后来逐渐地成了看戏带喝茶，茶园就成了变相的剧场。最初女性不被允许去茶园看戏，到清末民初妇女才可以进去和男性分坐观剧。后来开始有了营业性的剧场，北京最早有预售票和正式座位的剧场，应该是1921—1922年建的两个重要剧场，一个是珠市口的开明戏院，中华人民共和国成立后改叫民主剧场，2000年被拆了；还有一个是真光戏院，就是今天东华门中国儿童艺术剧院的剧场，是那种巴洛克式的建筑。有镜框式的舞台，当时是对号入座，有预售票制度，不实行男女分座，而旧式的茶园舞台则是三面看戏的倒"品"字形舞台，这在当时十分先进。

1961年，当时十三岁的我对戏曲非常热爱，寒暑假加周末，一年大概能有近两百天的时间去看戏。人民剧场、虎坊桥北京工人俱乐部、吉祥戏院这几家是我经常去的。直到今天，我在北京所见的最好舞台是1954年建的首都剧场，不管是从声音效果还是从舒适度来讲，都是最好的。而且人艺演员演戏是不用麦克风的，都用真声。戏曲演员以前也都不用麦克风，现在演员身上都有个微型话筒，确实影响妆容，但他们可能也是没办法，一是现代戏曲演员普遍功力不够，第二也确实有客观的因素，我们现在剧场太大，过去的能坐五六百人就不错了，现在动不动就是能坐一两千人的剧场，演员无法，也达不到用真声演唱。所以剧场和舞台的变化跟戏曲的变化有密切关系。

另外，我还挺反对现在长安大戏院目前的桌座，看戏时又喝茶又吃东西，这是一种陋习，是对演员的不尊重，对艺术的不尊重。而且茶座很硬，坐着又不舒服。但从个人观点出发，我还不赞成对戏曲过度改良。有很多东西，因为历史的原因让它成为小众，它就是小众的。比如昆曲，像白先勇青春版《牡丹亭》进大学校园当然是好事，但是戏曲用交响伴奏或者说念白过于话剧化我不太赞同。像京剧，本身就是程式化的东西，和现实生活有距离感，不能像话剧一样写实。过去梅兰芳、尚小云都排过一些时装戏，但都没立住，能立得住的还是那些传统剧目。京剧本身有很多东西是昆曲没有的，但京剧跟昆曲也是没法比的。京剧相对俚俗，有些词根本是不通的，什么"与爷带过马能行""将银放在地平川"，什么叫马能行，什么叫地平川？都是语义不通，为了押韵赶辙随意写的。南方昆曲的白口是苏白，绝大多数是入声字。北方基本没有入声字，说句笑话，入声字大概就一个，赶大车的吆喝马"驾"，这是个入声字，出去以后马上收回来。戏曲的改良，把好多传统的东西都改掉了。反观日本的歌舞伎，日本就是把它作为一种传统艺术来保存的。因为它有很多礼仪感，一些年轻人结婚，除了婚宴，还一个仪式就是新婚夫妇要去看一场歌舞伎表演。

◊ 对未来北京文化的展望

首先，我认为当前对北京文化的研究存在一些问题，所以对于北京的文化，我不赞成两种提法。

第一，我并不赞成"老北京"的概念。这是个含糊不清的概念，什么叫老北京？是从周口店时期起就算老北京，还是从明代起算老北京，或是清代开始算？民国时期算不算老北京？还是20世纪50年代之前生活在北京的就叫老北京？实际上，在这里生活上三代，都会成为老北京。所以这是一个无法被界定的概念。

第二，我不赞成"京味文化"的提法。为什么要突出"京味"？天桥、糖葫芦、北京话、小吃，包括一些民间的、旧时下层社会的礼俗都摇身一变成了京味文化的代表。甚至一些作家现在鼓吹的京味文化，实际上有些根本是子虚乌有。在旧时的北京，例如越是上层社会在礼仪方面越不是那么讲究，越没有那么多男尊女卑的问题，只有下层社会妇女地位才低。《红楼梦》里祭祖，虽然贾敬、贾赦、贾政三人都在，但是主祭依然是贾母，没有谁会说贾母是女的，没有资格主持；北京的大宅门里基本上很多还是女的主事。但现在我们谈到的京味文化，很多都只是下层文化，只是北京文化中很小的一部分。所以有些人会说北京人油腔滑调、眼高手低，动不动就我们北京怎么怎么，实际能力却没有，是因为这些社会的陋习现在反而成了北京文化的代表。但这不能代表北京真实的文化，北京的文化绝不是这样的。对于北京的文化整体来说，准确的说法应该是北京文化。

2003年5月，我和复旦大学的朱维铮教授在上海有一个对谈，就是北京文化与上海文化的比较。在文化上他和我都有一个很鲜明的观点：他也反对海派文化的提法。他谈到了很多上海文化的形成，比如说上海开埠以来的上海文化如何形成；我谈的是北京文化的形成，包括北京的教育等。可惜我们5月29日谈完，不久上海和北京就发生了非典，这个录音就丢失了。我在上海也讲过好几次经北京文化与上海文化的比较，北京和上海是两个完全不同的城市，上海开埠以来到现在有一百多年的历史，从华界到租界有着不同的文化。有人说上海是石库门文化，这绝对是不全面的，就像说北京是京味文化一样。因为上海不仅有石库门，还有租界、华界，各种文化集中交汇。而且上海是三个方向的人汇集过去的：由于太平天国战乱，杭州人北上到了上海，安徽人东进到上海，苏北人南下到上海。苏北人在上海基本上是劳动阶级。所以上海是一个外来文化融合形成的城市，没有什么界限，非常开放。

关于北京文化的研究，我觉得还缺乏系统性，除了地理环境与人文地理外，对于其文化成因和人文研究还有待加强。

第一，我们目前对北京文化的研究，比较偏重于城市历史形成与规划方面。当然地域文化和人文地理文化我们也有，但是不系统也不细致，文化研究过于偏重民俗研究。民俗不是不可以讲，但它只是整体文化的一个组成部分，而不是全部，更不能代表整个北京文化。北京首先是政治中心，作为首都，高端的人群都聚集在这里，既有宫廷文化，有旧时代的士大夫文化，当然也离不开市井文化，是多元的，不是单一文化。现在一说到北京文化，动不动就是北京的小吃、烤鸭、民间艺人、曲艺、天桥……这些东西太表面化，不能完全代表北京。对于北京，与其说"京味"，不如更适合用"北京文化"这个词来概括。

上海社科院原院长熊月之先生曾著有《上海通史》，也著有《西风东渐与近代社会》，他将上海的形成与近代社会形态做了结合性的研究。北京的发展同样也离不开外部环境的影响，并不是孤立的。今年（2019）上海书展有一本《上海24小时的马路表情》，这个切入点就很好，书中选择了上海二十四条重要的马路，既有这些马路的历史掌故与人文情怀，又有今天的这些马路的生活状态，使读者了解这些马路所承载的历史与文化，感到一个城市在静谧中充满的活力。对于北京文化研究来说，也缺乏这样的灵动思维。很多研究需要数据支持，但北京在不同时期的物价、就业、教育、居住环境、医疗卫生等，各方面研究还都不够全面，整个城市文化的研究不够深入。北京在资源的集中上理应超过上海，起码不输于上海。所以北京在城市文化研究上还应该进一步开放思想，借鉴其他城市的好经验，增强研究的学术性，增强对于其他资料的消化与整合，把北京文化研究做得细致而系统。

现在对于元大都的研究和城市中轴线的研究都取得了很大的进展，例如对于明代北京内城与外城的建设与演变的研究，也有待加深。我们现在说的外城就是过去的崇文和宣武这两区，这是明嘉靖二十三年（1544）才修建的，本来想把北京整个包起来，但由于经济力量不足，因此明后期和清代北京就被造成了上面正方下面长方的"凸"字形格局。北京也可以和世界所有城市横向比较，像新兴城市华盛顿、纽约，古老城市巴黎等。巴黎给我的感受就是，要是想要现代城市人生活，就去拉德芳斯那边；如果想了解真正的巴黎历史，就在塞纳河两岸，一百年前去跟现在去基本没有区别。右岸有钱，左岸有脑，在德斯岛有一个一百多年历史的莎士比亚书店，两层小楼，也就是适当的维护，一百多年来没有任何的变化，很多名人的脚都踏上过这个地方，像海明威、萧伯纳都去过。北京作为历史同样悠久的古城，要研究一下像巴黎、伦敦这些古老城市的建筑是如何保存下来的，甚至包括圣彼得堡。

另外，好多城市都有水域，北京现在就没有一个贯通全城的水系。俄罗斯圣彼得堡有涅瓦河，英国伦敦有泰晤士河，法国巴黎有塞纳河，每一个城市河流的两岸都在述说着历史。陀思妥耶夫斯基的《白夜》就是一个二十四小时在涅瓦河边上的故事。

城市的发展和文化永远是流动变化的，我们对文化的定义，一般是"人类在社会历史发展过程中所创造的物质财富和精神财富的总和"。这话没错，但是只说了半句！"文"是讲具象的东西，但"化"是动词，是一种产生、演进、发展、流传的动态过程，所以对文化正确的理解是一个精神文明和物质文明的组合，它的发展流传及其发展流传的演变。北京人固然有保守的一面，但是北京也是一个流动的城市，永远在换血，永远在流动，文化的好尚和流行都能反映出一个时代的背景，每个时代有每个时代的符号。文化不是一个凝固的状态，一句话也不能概括出北京文化。认为清代、民国这些时期都是一个凝固不变的文化，那是错的。北京在1928年6月21日不作为国家的首都而被称为北平，政治中心转移，在那以后的北京确实有一种落寞，但是北京的文化依然保存下来了。无论是泰戈尔还是萧伯纳，他们都到过北京，都必须要看到中国最传统的东西。我们的清华、北大、燕京、辅仁都在北京，从教育上来讲，全国各地的教授，真正是老北京的很少，没有哪个教授是说一口京片子的吧？他们都是从全国各地聚集而来的。

城市离不开空间，也离不开这个空间里的人，离不开人的思想演变和受政治影响的城市变局。因此还有一个文化研究方向是，因为北京是政治中心，全国的文化人集中到北京，由于政治的因素，这些文化人是如何生活的。近代的一些哲学家、思想家，像龚自珍、魏源、林则徐都曾经在北京生活过，他们对于北京文化有些什么见解？林则徐是福建闽侯人，龚自珍也是南方的，这些南方的文化人在北京的流动性生活如何？可以做些这样的调查研究。鲁迅兄弟都在北京生活过，他们在北京的生活怎么样？文化研究一定要多关注人文方面的因素。

从文学作品来说，老舍的《骆驼祥子》只写到北京的局部，即北京的下层社会。《骆驼祥子》《老张的哲学》《赵子曰》，都是描写北京下层人民的生活状态的。《二马》是写在英国的生活，《月牙儿》是写济南的底层生活，不能说老舍的作品就代表整个北京生活了。曹禺对天津更为熟悉，《雷雨》《日出》都是以天津为背景的，另一部《北京人》是写北京没落宅门生活的，但是在他的作品中不很成熟。除了文学史上记载的作家，北京还有很多作家，包括敌伪时期的梅娘、陈逸飞、耿小的、杨六郎等，也都从不同角度写过北京的不同社会层次。北京不应排外，也不可能排外，更没有排外的理由。我很反对有些人排外，也不愿意提所谓的"京味文化"这四个字。北京现在需要跳出一个狭隘的思维，跳出"京味文化"的圈子，更深入、更细致地研究北京文化整体的形成与发展。

百年辉煌 历久弥新

不久前，应《世界》杂志和北京饭店莱佛士的邀请，在北京饭店B座度过了24个小时的短暂居停。对我来说，北京饭店是我既熟悉又亲切的所在，又有着一种特殊的情感。虽然，在今天高楼林立的大都市中，北京饭店B座早已被淹没在十里长街的灯火辉煌中，甚至成为被忽略的矮小建筑，但这里却曾是北京的地理标志。

英式下午茶被安排在B座西侧的"作家酒廊"，这里是莱佛士在北京饭店的四个餐饮区域之一。雪后的阴霾尚未散尽，窗外是灰色的，室内却暖意盎然。也许这天气更像是英国的味道，那滚热的伯爵红茶和摆放在三层托盘中的各式甜点也与整个室内外的氛围融为了一体。这里曾是旧北京饭店大堂的西翼，于是话题不由不从北京饭店的历史谈起……

庚子事变（1900）那年的冬天，两个法国人在崇文门内苏州胡同以南开了个小酒馆，卖些简单的西餐和红酒，生意居然很不错。1903年，酒店搬迁到王府井南口以西，盖楼名为"北京饭店"。彼时，坐落在"御河桥"（今正义路）南口、"梁公府"（英国使馆）对面，比利时人开的"六国饭店"（始建于1901年，初为两层小楼）已经营业了两年，同时也在大兴改建中。应该说，北京饭店和六国饭店是同时出现在清代末年的两个现代大型酒店。遗憾的是，六国饭店已经在1988年因火灾化为灰烬。

北京饭店初期就是五层的楼房，与六国饭店几乎是等高。后来在它的西侧又盖了一栋七层的楼房。北京比不了十里洋场的上海，没有那么快的发展速度，因此在很长的一段时间中，北京饭店都是整个北京城中最高的建筑。

1907年，历经坎坷的北京饭店由"中法实业银行"接管经营，从此才真正开始了它最辉煌的时期。

北京饭店有着在当时来说的世界一流的装修和设施，电梯、宽大而分向两侧的扶手楼梯，以及那巴洛克式的穹顶式店堂和华丽的水晶吊灯，给人一种富丽堂皇的感觉，在旧时的北京可谓夺人视境，别开生面。客房分成各种规格，内部装饰舒适而温馨，窗帘和地毯的色泽与质地都显得厚重古朴。我还记得第一次踏进北京饭店是1955年，或许那时还保持了原来的样子。

有一些设施也许很少为人所注意。从20世纪20年代始，我们喝下午茶的大堂两翼，便是曾经"租赁柜台"的所在。因为旅客多是洋人，所以这些柜台经营的也多是具有中国元素的商品。珠宝、古玩、蕾丝花边、织绣都为洋人所喜爱，就以"唐三彩"而论，这在琉璃厂是不大有市场的古玩。因为在中国人的传统观念中，三彩多是明器，放在居室内不祥，但洋人没有这样的忌讳，他们更看重其艺术价值。北京饭店中"唐三彩"的销路在当时也可谓是领风气之先。花边和织绣是小本生意，但在北京饭店的柜台中是抢手货，价格不贵，又便于携带，洋人中的太太小姐只要是住在北京饭店的，没有不捎带回去的。珠宝的交易在店中倒是与中国的观念不同，中国人看重的是珠宝钻翠的质地价值，而洋人更看重的是镶嵌和款式。凡此种种，也都给北京饭店店堂里增添了商机与活力。

北京饭店的"维特"（侍应生）也颇有特色，旧时的北京饭店是找不到女性服务员的，所有餐厅"维特"和客房"茶房"一律是男性。这里虽是洋味极浓的新式饭店，"茶房"却都着中式长衫，外罩一件绲边的烟色大坎肩，成为北京饭店的特殊一景。

英式下午茶意兴阑珊，老话题也聊得差不多了，大堂的领班先生带我在整个西侧参观，他指着一片椭圆形的地板道："这是我们北京饭店的眼。"他说得不错，历经几次改建装修，这片地板被保存了下来，那柚木虽经百年沧桑，但依然光洁如镜。这里留下过汉卿少帅（张学良）的舞步，也许还留下了萧伯纳、泰戈尔、罗素的足迹。"眼"是北京饭店的灵魂，也是北京饭店的见证，似水流年，人文往替，它是北京饭店的岁月年轮。

虽经几度翻建，北京饭店仍旧保留了九个名人套间，为我安排的是"李宗仁套间"，我不知道这是1949年以前德邻先生来北京旅居的客房，还是他1965年回到北京时暂住的寓所。房间很宽敞，设施虽不是十分现代，却处处透着一种凝重与和谐。北京饭店并非仅以时尚赢得人们的青睐，更多的是它无可比拟的历史厚重。正像建于1887年的新加坡的莱佛士，如果不是有伊丽莎白、毛姆、吉卜林、海明威、卓别林的光顾，哪里会有脍炙人口的荣誉？

凭窗望向长安街，那里虽是午夜车马稍歇，仍偶有过往汽车的灯光流影闪烁。瑞雪初霁，古老而年轻城市的动感与静谧同时交替，不由让人感慨万千。谁能想到，百年的饭店、百年的长街竟是在这样的不经意中悄悄走过。

说到时尚，家安餐厅的正宗法餐正是现代酒店的时尚代表：开胃菜是清香的蟹肉沙拉，头盘是细腻的法国鹅肝，配着莱佛士特制的香槟。汤是味道丰富鲜美的青豆火腿汤和海鲜汤。主菜中的红酒煨小牛肉经过了三十六个小时的繁复工艺，不会有丝毫的马虎，质感和味道都属上乘。两个法餐主厨是南非人和中国小伙子张丹枫，他们都是帅哥，温文尔雅的言谈气质极有书卷气，实在难得。小张对我说，从学法餐的第一天起，师傅就告诉他要"以心为厨"，这是厨艺的最高境界。不禁让我想起《文心雕龙》里"古来文章，以雕缛成体"的话来。法餐真正的要义，不外是原料的考究，工艺的不苟，造型的美观。但要做到极致，那是要注入由心而生的悟性。也许正是由于这

留作他年记事珠

一点，高雅独特的法餐才能与历史悠久的北京饭店相得益彰。

　　新春在迩，离开北京饭店的次日午后，正看到工人们在大堂楼梯两侧摆放两颗丈许高的金橘，记得这也是北京饭店的传统，每到旧历年将至，店堂里的金橘是不可或缺的，这抑或是另一种中国元素罢？它象征着富丽、华美，也是对新年福祉的期盼。

　　百年辉煌，历久弥新，北京饭店莱佛士将迎来一个更加璀璨的春天。

津梁惠溥育学人

——写在首图百年之际

今年是首都图书馆创办一百周年，这个日子的确定大抵要从1913年的京师图书分馆说起。

谈到京师图书分馆，总会想到鲁迅先生。鲁迅先生是1912年的五月初到北京的，开始了在教育部任职的生活，暂住在宣武门外的山会邑馆。当时的教育部在《鲁迅日记》中是"枯坐终日，极无聊赖"，于是不得不以读书、探访书肆和搜寻碑帖打发日子。1913年初，鲁迅在教育部社会司任第一科科长，是年一项较为具体的工作任务即是受教育部之委托，在北京寻觅一处适宜作为民众图书馆的地方，这也是民初普及民众教育的一项新举措。"分馆"之称，是相对在什刹海广化寺的京师图书馆而言，京师图书馆是1909年清末学部奏请设立的，由近代图书馆奠基人、教育家、学者缪荃孙先生为正监督，但是实际并未接待过读者。直到1912年民国肇始，才由北京政府教育部接管，于是年8月正式接待读者。当时仍在什刹海广化寺，直到1917年才迁到国子监。1931年，位于文津街的新馆落成，

232　　　　　留作他年记事珠

京师图书馆正式迁入，也就是后来的北京国立图书馆。

1913年任北京政府教育部社会教育司司长的是夏曾佑先生，而实际主持图书馆工作的则是鲁迅先生。1913年上半年，鲁迅受教育部的委托，筹建分馆事宜。经过多次考察和实地踏勘，鲁迅在宣武门附近的前青厂选定了馆址。究其原因大致有四：一是近邻教育部；二是周围的旧时会馆鳞次栉比；三是学校众多，学子云集；四是当时的印书机构和书肆集中于此。教育部根据鲁迅的考察报告，决定建立分馆并于同年6月正式对外开放。同年10月又在宣武门内抄手胡同创建了京师通俗图书馆。两馆的创建和管理，都与鲁迅先生有着密不可分的关系。

中央公园（今中山公园）的开放是在1914年，朱启钤先生功不可没，建园伊始，即由董事会管理，并于1914年底，董事会在公园社稷坛后的大殿里就创建了"中央公园图书阅览所"，将"还园于民"的主旨与文化普及民众的想法相互结合，也是体现民初国民教育思想之一例。图书阅览所的成立亦经教育部批准，鲁迅先生也参与其事。

1924年，京师图书馆分馆与京师通俗图书馆合并，迁至宣武门内头发胡同的前清翰林院讲习馆旧址。1928年，又将已改称为"京师第三普通图书馆"的原中央公园图书阅览所等三个普通图书馆合并，改名为"北平市立第一普通图书馆"。1953年改称为"北京市图书馆"，曾一度迁至西华门大街。1956年再次迁至国子监的原"国立北京图书馆"（即后来的北图，今天的国图）所在地。

应该说，首图前身从创建伊始，就是以服务民众为宗旨，以普及文化知识为己任的文化设施。北京是历来是首善之区，也是人文荟萃之地，教育、科研、文博都是全国之冠，就以图书馆来说，除了北图（今国图）之外，尚有社科院、中国科学院和各大院校的图书馆，其图书收藏也不在首图之下。因此，从首图建馆之始就确定了它的性质有别于版本收藏与科研，更多是服务于普通民众、普及文化知识，百年来一以贯之，成为首图鲜明的特色。首图所藏的戏曲、小说等通俗读物蔚为大观，地方文献首屈一指，而近几十年来经过自行搜访采纳、民间私人捐赠等多种方式，馆藏不断丰富，已经成为享誉海内外的大型图书馆。尽管规模不断壮大，但是首图依然坚持了自己的特色和宗旨。

百年历程，虽历经战争、动乱，但首图始终坚持了地方图书馆的建馆原则，服务于各个层次的不同读者。同时，首图充分利用所藏的北京地方史志和戏曲、小说、清末民国的文献资料，整理出版了《首都图书馆藏中国小说书目初编》《北京地方文献联合目录》《清蒙古车王府藏子弟书》《首都图书馆馆藏珍品图录》等，都是值得称道的工作。近年来，又凭借首都的地位、古都的优势创办了北京地方文献部（现已改称"地方文献中心"）和乡土课堂，为北京史志的研究和普及北京历史文化知识作出了极大的贡献。

留作他年记事珠

早在2003年首图建馆九十周年时，我曾写过一篇《雪泥鸿爪忆首图》的小文，主要谈到我在20世纪70年代末乍暖还寒的日子里是如何在首图翻看各种期刊的往事。后来想起，其实那并不是我第一次接触首图。早在20世纪60年代中期，我在上中学时就已经去过首图。彼时我的学校距离首图不算太远，学校当时给每个同学都办了一个首图的借书证，现在回忆起来，可能是近水楼台的缘故，未必所有的中学生都能有此待遇。只是因那时家中的藏书不少，有比较好的读书环境，所以只是随同学参观了首图，而并未在首图借阅过图书。可是，当时不少家境不太好的同学真是得益于首图，许多课外的文化知识都是从首图的图书中汲取。虽然彼时首图的条件有限，但毕竟是青少年读者获取知识的源泉。

1985年我到出版社工作，才真正与首图结下了不解之缘。将近三十年来，首图的变化历历在目，尤其是2001年迁入新馆后，踵事增华，实在令人目不暇接，每次去首图，都会发现新的变化。近十年来的首图确实是以九十年厚重的历史文化积淀为生命的源泉；以文化创新作为维系发展的动力。而且与时俱进，发展网络化、信息化建设，利用现代信息技术，让读者多渠道地了解世界、了解中国、熟悉和更加热爱北京。

因为和首图的特殊关系，我也曾介绍了许多单位到首图的北京地方文献中心采编汇集材料，给他们增添了不少麻烦。但每次都会得到地方文献中心的热情接待和悉心帮助。如京西大觉寺的史料整理、全聚德博物馆的创建，都是我介绍他们前往地方文献中心而得到了很大的收获。我的《旧时风物》在出版前，也承地方文献中心代我寻找图片资料。他们的资料分类和整理也随着近年的收集辑佚而更加充实，利用率也逐年增高。

乡土课堂近年来已经成为首图的一个重要品牌，也是首图社教活动的重要园地。自2003年开始，迄今已经十年，举办了四百多场讲座。我还记得2003年夏天，我第一次在首图的讲座，题目是《北京的饮食文化》，本来安排在小讲座厅，后来人越来越多，换了个大些的地方。那天还下着小雨，但是听众越来越多，最后经两度迁移至会议中心，居然来了近三百人。此后，几年时间中我在乡土课堂举行过五六次讲座，他们的精心安排和周到服务给我留下了深刻的印象。

十年来，乡土课堂集合了一大批术业有专攻的学者，从完全不同的角度阐述着北京这座古老而年轻城市的昨天和未来，切中主题，深入浅出，受到听众的欢迎。最近，他们又结集出版了一本《熟悉·陌生——北京城》的纪念文集，我觉得这个书名很好，今天的北京人已经发生和正在发生着质的变化，许多今天的北京人已经不太熟悉北京的历史文化，对他们来说，北京确实是既熟悉又陌生的，从人文地理到社会生活，经过八百多年的历史变迁，今天这片土地曾走过怎样的历程？我们的文化传统应该如何继承和发扬？通过乡土课堂，都给听众留下了思索的空间。

留作他年记事珠

百年首图，走过了艰难而辉煌的历程，而今天的首图又即将翻开新的一页，有幸能参与这样的庆典非常荣幸。承首图热情约稿，却恰在患目疾的病中，不能写篇像样的文字，深以为憾。只能拉杂谈几句，表达对首图和首图人——为北京文化事业默默耕耘的人们——由衷的祝贺。

我与大觉寺五十年

大觉寺坐落在京西旸台山麓，始建于辽代，称清水院。金代时列为金章宗的西山八大水院之一。后因寺内有灵泉，遂改名为灵泉寺。明代重修后改名大觉寺，又经明正统、成化两代修葺。清康熙五十九年（1720）雍亲王胤禛送迦陵禅师入主大觉寺方丈，并于清雍乾时期增建了四宜堂、领要亭等。乾隆十二年（1747）皇家再次对大觉寺进行了大规模修缮，遂成今天的格局。从清水院时期至今已有近千年的历史。

关于大觉寺的记载，多散见于清人不少史料笔记中，近年都做了整理工作。而自民国以来关于大觉寺和管家岭一带的游记更是不胜枚举。彼时大觉寺的一部分房舍也长期出租，溥心畬等文人雅士和外国学人也有很多是长期租住在寺内的。当年冰心和吴文藻婚礼后，燕京大学校长司徒雷登派专车护送他们往大觉寺度假休憩。至今，在四宜堂院落左侧厢房的廊壁上，还各留下了溥心畬的一首五言律诗《丙子三月观花留题》和一阙"瑞鹧鸪"词也是溥老在1936年留在大觉寺的手迹。在傅增

留作他年记事珠

湘和俞平伯的游记散文中，都有关于大觉寺的记载。当年"湖社"的不少画家都曾到过大觉寺，梅兰芳和程砚秋也都来过这里。我曾见到过程砚秋在山坡上与友人的留影，泉水就流经在脚下。

从小就听我的老祖母说起当年去管家岭看杏花和游大觉寺，不但有叙述，还有照片为证，我记得那张大照片是那种银盐照片，洗成了棕色。似乎是在夏季，因为照片上所有的男人都穿着夏布长衫，女眷们也是夏布的裙袄。时间应在1930年前后，照片上有二十多人，散漫地有站有坐，错落有致地在山坡上，手持折扇，十分闲适的样子，而并非那种整齐的合影。后面的亭子似乎就是领要亭，我能认得出来的人有中国银行总裁冯耿光（幼伟），以及李释勘（宣偶）、我的祖父（世泽，字叔彦，号拙存）和七祖父（世基），我的两位祖母以及梅兰芳、姜妙香、姚玉芙等，好像有二十来人。那时他们夏季常去西山避暑，但是似乎并没有住过大觉寺，抑或是顺便一游。春天也会去管家岭看杏花，但是不一定都会去大觉寺。这张照片我印象深刻，可惜已被毁了。

至于我第一次去大觉寺则是在1968年的仲春，我还不到二十岁。

那时北京的中学生都不上课，喜欢结伴郊游，交通工具就是自行车，这对今天的年轻人来说是不可想象的。我们常去的地方就包括鹫峰。彼时鹫峰无人管理，山路也没有修整，沿途还有几处别墅的废墟。一早从城里出发，骑两个多小时的车，将自行车放在山下，立即就登山，一点不觉疲劳。中午时分到北安河镇上吃饭，那时的北安河镇有几家小饭铺，至今几位老同学还津津乐道那里做的滑溜肉片。吃饭时，有人就建议去附近的大觉寺，也有人说那里不开放，进不去。其中有一位不久前去过，说他有办法。从附近的小卖部里买了两包"恒大"牌的香烟，就骑上车直奔大觉寺。

彼时的大觉寺还被林业部门占用，寺门紧闭。我们是从旁边的小门进去的，小门也有人看管，那位去过的同学去与他周旋，送上了两包"恒大"。于是顺利进入。

当时寺庙内很杂乱，堆放的东西很多。中路的"动静等观"和"无去来处"两处大殿的殿门都不上锁，可以随便出入，我们游览了大殿，甚至还爬到石台基座上去拍照。但是四宜堂那边的院落是进不去的，通道的门紧锁。春天，寺内还是有不少花草，但疏于管理，大多是自生自灭的状态。

从20世纪70年代到80年代初，我们都会在春天去大觉寺看看，总是能巧妙地进入，并不受到阻拦。在那种状况下去过三四次。

直到1988年，大觉寺正式被移交给北京市文物局，才真正得到了维护和修葺管理，步入了文物保护最得力的年代。此后，大觉寺的管理机构一直相对稳定，许多职工一干就是十几年甚至几十年，尽职尽责。大觉寺的几任负责人如老关、孙荣芬、姬脉利等，都为大觉寺的维护与管理乃至发展，付出了极大的心血，这是我在几十年中最深刻的了解。大觉寺的今天，与他们倾注的心血是绝对分不开的。而对于大觉寺的史料研究，专业研究人员张蕴芬和宣立品、王松等更是有着很强的事业心，多年来为此做出了不懈的努力，终于出版了像《北京西山大觉寺藏清代契约文书整理及研究》《雍正皇帝与迦陵禅师》《大觉寺》画册等一系列有价值的著作。正是有她们锲而不舍的精神，有关大觉寺的中外史料才得以重见天日，这也是我在近三十年时间中与她们的交往中体会最深的。

20世纪90年代以来，我可以说没有一年不到大觉寺，作为一个出版工作者，北京燕山出版社历年的获奖图书和重点图书都与大觉寺不无关联。如《京剧史照》《北京市志稿》《图说北京史》《〈太平广记〉会校》等大型图书，都是作者与出版社、北京社科出版基金办等集中在大觉寺，制定出版体例，研讨出版规划，实施具体编辑方案，几方合作共同完成的，至今记忆犹新。那时，方丈院的客房几乎每间都曾留下了我和我的同事们的身影。

在编辑图书之余，我们带来的摄影师也为大觉寺拍摄了殿内二十诸天与十地菩萨的造像，拍摄工作都是在午夜，一干就是几个小时。后来，这些反转片不少都在大觉寺的画册中被选用了。

20世纪90年代末，我们住在大觉寺工作，恰逢季羡林先生也应邀住在大觉寺，他住在四宜堂，我们和白化文先生等住在方丈院。清晨，我们陪季老一起在寺内散步，从他住的四宜堂后面假山拾级而上，季老那时身体很好，一路上到憩云轩都坚决不要人搀扶。后来他和我坐在舍利塔下的游人椅上，季老对我大谈他的养生之道，还一再说我父亲的病就是太听医生的话了，不该做手术，如果不做，也许还能多维持几年，他说，别听什么"生命在于运动"，他自己就从不运动云云。至今，那几天与季老的几张珍贵合影还都保留着。

1996年暮春，又逢丙子，恰是溥心畬先生题壁一甲子，于是心血来潮，步先生原韵，涂鸦五言律诗一首：

夜宿前朝寺，辛夷发早春。
湘帘隔日影，叠嶂远红尘。
灵泉泽芳草，晓露润苔痕。
粉墙题壁在，谁念旧王孙。

千禧年世纪之交夜，我是和朋友们一起在大觉寺度过的，那天下午就抵达大觉寺，安排好住宿后，先在寺内游览。那天安排的是晚饭后在寺内的绍兴菜馆联欢，午夜在寺外的空场上燃放烟花。烟花需要自己买好，寺内也预备了不少。届时，附近的村民也同时在空场上燃放烟花。入夜后寺内的钟楼开放，可以登楼撞钟。于是联欢会后大家就鱼贯登楼，次第撞钟不歇。

时至午夜，室外鞭炮齐鸣，烟花腾空，五彩斑斓，明灭于夜空。兴奋之余，偶成小诗：

> 龟鼓鲸钟一岁新，人寰梵界相与闻。
>
> 莫道禅林霜月冷，遍地笙歌已报春。

许多年来，几乎每年都在玉兰盛开的时节和银杏金黄的季节到大觉寺，这是大觉寺一年中最美的两个时令，四宜堂前的玉兰虽然树冠不大，每年的花期也要晚于城里玉兰绽放的时节，但是花朵肥厚、晶莹剔透、秀美绝伦。深秋，两殿之间月台右侧的银杏逐渐变成金黄色，在日光的照射下，夺目耀眼。每年，天王殿前后的丁香、紫藤，都会次第开放，届时也会有人特地来寺内观赏。

从20世纪90年代开始，我几乎每年都会陪着各地来京的朋友游大觉寺，也陪许多海外的朋友小住大觉寺，入夜，在方丈后院的白皮松下，由携带着古琴的朋友在松风谡谡的伴奏下，弹奏《潇湘水云》《平沙落雁》，饮着"凤凰单丛""君山银针"，是何等惬意。

2011年秋天，我曾陪着著名唐史研究专家麦大维教授（Prof David McMullen），敦煌专家、唐史专家荣新江和夫人刘芳，北京大学西域研究中心主任朱玉麒，中国社会科学院历史研究所研究员吴丽娱（内子）和北大历史系副研究馆员史睿等一行小住大觉寺，在此期间，又去访了门头沟樱桃谷路口的庄士敦别墅、驱车至石景山法海寺观瞻壁画，并去了附近的醇亲王墓园。这次小住给大家留下了非常深刻的印象。

自从1968年初到大觉寺至今已经过去了五十四个年头，大觉寺经过了岁月沧桑，依然如故，而且被维护和管理得越来越好。一年四季，花木扶疏，每次到访，都会有新的感受。岁月荏苒，白驹过隙，我也垂垂老矣，但是大觉寺的历史和景物总会魂萦梦牵。

留作他年记事珠

百戏

彩绳斜挂绿杨烟

——说秋千

　　五十年前，常常听我的老祖母念叨："世上三般险，撑船、骑马、打秋千。"这话大约是她小时候听来的，于是时间又要再向前推五六十年，也就有一百多年了。那时尚无汽车、飞机，更没有蹦极、攀岩、潜水、滑翔之类的活动，所以撑船、骑马和荡秋千就成了危险的事儿。时至今日，世上又何止千般险？

　　荡秋千大抵是女孩子的喜爱，上幼儿园和小学时，园内操场上也竖有秋千架，男孩子去玩的不多，就是上去荡，也是前后左右乱摆一气，倒是女孩子们能结伴去玩，一个人上去荡，旁边的同学再助她一把力，于是那秋千荡得老高，显得很飘逸潇洒。有时候是两个人面对面地荡起来，重量大了，自然也就荡得不那么高了。那时的秋千有两种，一种是站立式的，足下仅有一块能站立的木板；还有一种是坐在上面的，像个木盒子，前挡板有两个窟窿，两条腿能从窟窿里伸出来。人坐在盒子里很是安全，大多是为幼小的孩子们设置的。

真正的荡秋千是那种站立式的，绳子长长，挂在高高的架子上，荡起来是要些技术的。我曾在延边看到过朝鲜族少女荡秋千，长裙曳地，飘拂而起，能荡出许多花样，煞是好看。

　　秋千，也写作"鞦韆"。据说是春秋时北方山戎的游戏，齐桓公伐山戎，流传至中原一带，后又遍布全国，距今已有两千多年的历史。在一些古籍中，常将秋千与施钩混淆，但施钩是一种军事技能，与秋千并不是一回事。其实说到秋千的起源，可以追溯到上古时代，那时的人们为了生存，不得不依靠蔓生植物攀缘树木，跨越沟涧，用以采撷野果和猎取食物，这种蔓生的藤条摆荡就是秋千的雏形。至于山戎时代，就已经是一种较为成熟的娱乐游戏了。所以《艺文类聚》就有"北方山戎，寒食日用秋千为戏"的记载。当时的秋千绳索多以兽皮制成，故而"鞦韆"两字偏旁从"革"。这种皮革制成的绳索牢固安全而有韧性，是基于上古生活实践而产生的一种体育游戏。

　　从词人高无际的《秋千赋》中，我们了解到秋千在汉武帝时已经流行于宫中。其文在几百字的描写中，生动地反映了荡秋千的娴熟技巧和难度，如"丛娇乱立以推进，一态婵娟而上跻；乍龙伸而蠖屈，将欲上而复低；擢纤手以星曳，腾弱质而云齐；一去一来，斗舞空之花蝶；双上双下，乱晴野之虹蜺。径如风，捷如电，倏忽顾盼，万人皆见"，便描绘出汉武后庭的一幅秋千美人图，令人眼花缭乱，产生美好的遐想。

唐代宫中也流行秋千之戏。唐明皇李隆基对此尤为喜爱。据《开元天宝遗事》说："天宝宫中，至寒食节，竞竖秋千，令宫嫔辈戏笑以为宴乐，帝呼为半仙之戏，都中士民因而呼之。"寒食清明荡秋千，是古来的风俗。此时恰逢春暖花开，万物生发，给人们带来无限的乐趣和生机。唐诗人王建宫词中"长长丝绳紫复碧，袅袅横枝高百尺"的夸张描写，让我们看到随着长长丝绳的牵荡，游戏者似乎已被带向了秋千架外的百尺高空。元稹的《杂忆》也有对秋千的怀念："忆得双文人静后，潜教桃叶送秋千。""双文"是元稹小说《会真记》中的主人公崔莺莺，也是后来《西厢记》中的女主角，看来，生活中的她也是一位秋千的爱好者。

宋代的秋千娱乐更是别有情致。《东京梦华录》说北宋汴都人出城采春，"举目则秋千巧笑，触处则蹴鞠疏狂"。而南宋的都城临安，相传也是"红杏香中歌舞，绿杨影里秋千"（《武林旧事》）。《都城纪胜》说当时临安有"专卖小儿戏剧糖果"的食店，其糖果竟有"宜娘子秋千"之名，看得出秋千在宋代妇女中的普及。《东京梦华录》中还记载了宋徽宗在临水殿看秋千比赛的场景，其中最为惊险的动作是在画船上竖立秋千架，人在秋千上荡起荡落，最后从最高处双手脱绳，借秋千回荡跃入空中，再翻个跟头，投身入水中，名为"水秋千"。

元代的大都和江南杭城都盛行秋千运动，蒙古族诗人泰不花就有《应制题秋千》，反映大都的蒙古族妇女也都荡起秋千。

而"院落秋千谁氏女，彩绳掷起过墙高"，更成为当时西湖风景的点缀。

秋千是城市经济繁荣与发达的体现。秋千在市民阶层中的普及和涌现，更可见秋千流俗之广泛。正像杜甫"十年蹴鞠将雏远，万里秋千习俗同"，和苏东坡"辘轳绳断井深碧，秋千索挂人何所"反映的那样，秋千已成为城市居民家庭院落中的常备设施。

明清时期，秋千不仅在汉族地区开展，更流行于我国的广大少数民族地区，如东北的朝鲜族、台湾的高山族、云南的纳西族、青海的土族、新疆的柯尔克孜族等都有丰富多彩的秋千运动。根据当地的气候条件，有在春节期间举行的"秋千会"，也有在夏秋之际的婚礼或节日狂欢中的秋千表演。现在秋千运动在汉族地区已不广泛，我们仅能在一些儿童体育场中见到个别秋千架，也很少看到荡秋千的能手，但是在少数民族地区，秋千仍然很流行。

秋千并非中国人的专利，西洋人也有荡秋千的，到底是不是从中国传入，我没有做过考证。但从18—19世纪的英国小说中，我们都能找到秋千的影子。像乔治·艾略特、夏洛蒂·勃朗特、简·奥斯汀和高尔斯华绥的小说中，我们都感受到在和煦的阳光下那种悠闲与平静。作家笔下的秋千掩映在葱茏的花木中，那秋千是坐荡式的，绳索之下吊起很精致的座椅，装饰得很舒适、考究，坐在上面绝不会荡起很高，只是一种舒缓的小憩罢了。

我非常喜欢法国早期印象派画家雷诺阿的作品，就像喜欢门德尔松的音乐一样。没有过度的激越和跌宕，不会让人有任何思考性的负担，也找不到对人生负面的反映与诠释，永远是那样轻松和阳光。我在巴黎的奥赛博物馆看到过他的作品《秋千》，当然，这幅画远远不及他的《包厢》《游艇上的午餐》那样有名，但画面上少女的娇柔和妩媚以及孩童般纯挚的容颜，却给人以极大的愉悦。那荡板尚是空的，是刚刚荡罢，还是将欲荡起？令人揣测莫名，而趣味也尽在其中。

1955年，我家打算卖掉南小街什坊院胡同的大宅（后来这所宅子卖给人民音乐出版社），再买一所小些但更适用的房子。记得那时跟着大人去看过几处院落，今天已经完全没有了印象，唯一有印象的是一处坐落在贡院附近的房子。那所房离我家在东总布胡同的老宅不远，房间不多，但院子极大，虽有些树木却似荒芜了很久，满园长满了荒草。我只记得那园中有一架秋千，很高，却已糟朽。绳索依然挂住了一只藤编的座椅，座椅上落满了枯枝败叶。我试图坐上去荡一下，但马上被家人制止了，说那秋千太危险了。我推起空秋千荡了几下，果真发出吱吱的响声，绳索上也落下不少尘土。

不知为什么，那房子终究没有买。当我们随着守房子的人走出院子的一刹那，我发现整个院子笼罩在夕阳之中，荒草在夕阳下呈现一片金黄色，显得十分静谧。唯有那架秋千，不知是因我方才推动，还是微风的吹拂，依然在轻轻摆动。我无法想象当年院落花木扶疏的盛景，或许只有那架秋千，还依稀留下旧日主人生活的踪影。

留作他年记事珠

击浪中流，风波平步
——中国古代的游泳和跳水

凡是读过《水浒传》的，都会对梁山泊一百单八将有着极深的印象。在这一百零八位好汉当中，阮氏三雄、李俊、张横、张顺和童威、童猛八人堪称是游泳健将，难怪他们的绰号叫作"混江龙""浪里白条""翻江蜃""出洞蛟"，等等。《水浒传》对他们水中功夫的介绍也令人折服。小说的描写虽然有夸张的成分，但实际上，古代的游泳和潜泳运动确实已经有很高的水平。

我国古代的水上运动有着悠久的历史。上古时期，水域与人类的生活密切相关，《诗经·谷风》云："就其深矣，方之舟之；就其浅矣，泳之游之。"说明在很久以前，我们的祖先已经掌握了游泳技术，并且运用于日常生活之中。春秋战国时期，南方诸国纷纷组建水师，实行舟战，因此游泳技能也成为水军训练必不可少的科目。《管子》也曾记载了齐桓公为了应对吴越水军，采纳管子的建议，在河上筑坝，修建游泳设施，水深十仞，并下令"能游者赐千金"。后来终于训练出五万多水军，打败了越国水师。北京故宫博物院所藏的战国时宴乐渔猎攻战纹图壶，也刻画了游泳图案，人鱼同游于水中，姿势类似今天的自由泳，显示出娴熟的泳技。

秦汉以后，水上活动日益兴盛，并出现过许多游泳能手，例如西晋将领杜曾，就能身着盔甲游水自如，据说有一次负伤后，仍能于水下潜行数十步得以脱险。《晋书·周处传》也记载了勇士周处善于沉浮，能在水中行数十里，与蛟龙搏斗而斩杀之。敦煌石窟中的北魏壁画中，也出现了水中游泳的人物图像。

古代的游泳又称为"水嬉"，至唐代已不限于天然河流湖泊之中，许多官宦之家出现了人工开凿的游泳池，而水嬉的内容也十分广泛，还包括了潜水、跳水等诸多内容。唐末澧朗观察使雷满好水嬉，"尝凿深池于府中，客有过者，召宴池上"。在与客人酒酣兴起时，能够"自裭其衣，裸露其文身，遽跃入水底……久之方出"。雷满在入水之前是先将座上酒器掷入池中，然后潜入水底，又将器物"戏弄于水面"，没有高超的潜水游泳技术是办不到的。

宋代水嬉更是得到很大发展。周世宗显德四年（957）在汴京开凿了金明池，引金河水注入池中，训练水军，以备与南唐作战。后来天下既定，金明池也就从水军训练基地变成了水嬉的娱乐场所。太宗、真宗、仁宗都曾多次到金明池观水嬉，作方舟竞渡。到了元丰年间，金明池已成为一个游乐场所，每

留作他年记事珠

到春夏之际，金明池不但有水上体育表演，还有水上百戏、水傀儡、掷水球、水上烟花和龙舟竞渡等一系列水上活动，当时被誉为有曲江之胜。南宋一朝偏安临安，钱塘一带更是吴儿弄潮的天然场地。宋人吴自牧《梦粱录》对吴儿弄潮的精彩场面做过十分详细的叙述，说是杭人有一等不惜性命之徒，以彩旗或伞为饰，将绣色缎子系在竹竿之上，伺潮出海门，百十为群，执旗泅水上，以作迎伍子胥弄潮之戏。还有手脚执五小旗，浮潮头而戏弄者。辛弃疾也在他的词中写道："吴儿不怕蛟龙怒。风波平步。看红旆惊飞，跳鱼直上，蹙踏浪花舞。"弄潮成了当地人显示英雄气概的一种行为。

明清时期的游泳活动仍以每年八月钱塘江弄潮为代表，而且在水中的表演也是花样翻新。北方虽然水域较少，且天气寒冷，但并没有影响人们对游泳的喜爱。清代《都门竹枝词》中就记叙了北京人春泳的场面。中国古代虽然没有今天这样的跳水活动，但从高处跃入水中的技艺也并不鲜见。《因话录》说唐代洪州有一个名叫曹赞的人，"善为水嬉，百尺樯上，不解衣投身而下，正坐水面，若在茵席……至于回旋出没，变易千状"。宋代还有竖高架于船头的水秋千，跳水者借秋千荡起，纵身回环跳入水中，这些技巧与今天的跳水运动也有着异曲同工之妙。

狂飙霄汉入云驰，飘起红装几健儿

——中国古代的赛马与马术运动

赛马与马术运动在古代也称为"驰逐"或"走马"，是以马的骑乘与饲养为基础的体育活动。早在公元前13世纪的商代晚期，人工饲养马匹并将其用于骑乘和战争的情况就已经出现，至春秋战国时，赛马和马术活动就已形成，因此赛马活动迄今在我国已有三千多年的历史。

赛马活动的产生是以远古的游猎生活为基础的。在我国河西走廊的山崖峡谷中，曾发现大量的岩画，这些岩画中就有古代先民骑马、狩猎、作战的形象，创作时间当在公元前一万年至前四千年之间，所以也有人认为马的利用和饲养时间应该更早。无论上古说还是商末说，马的骑乘文化都是发源于我国北方的游牧民族，那里曾是氐、羌、大月氏、匈奴、鲜卑、突厥、回鹘等游牧民族的生息之地，所以《左传》说："冀之北土，马之所生。"也是说马的生长地在燕、代之北。

在骑射生活作为主体的同时，马匹的驯养和骑术便受到了重视。马在战争中的使用愈加突出，武王伐纣时就已"戎车

留作他年记事珠

三百辆，虎贲三千人"，戎车即以马驾驭的战车。当时将掌握军政和军赋的官称为"司马"，也可见马的重要性。周时，马的调教和驾驭技能称为"御"，与"射"一样属"六艺"之一。至春秋战国时，骑射之风更盛，我们熟悉的"赵武灵王胡服骑射"的故事，就是汉地向北方少数民族学习，发挥骑兵技能的例证。《史记》中就明确叙述了孙膑帮助田忌赛马取胜的故事，说明早在公元前四世纪中叶的齐威王时期，赛马就已经流行于齐国了。

汉代赛马活动不仅流行于民间，也盛行于官廷。汉武帝极为热衷赛马，经常举行赛马活动，这与当时的尚武风俗也有很大关系。在出土的许多画像砖和陶俑中，都出现了汉代的赛马形象。魏晋南北朝时期，赛马活动更因北方少数民族的关系长盛不衰，甘肃嘉峪关魏晋时期的墓室壁画中的赛马图，就是当时赛马活动的生动写照。

自汉代以来，除了赛马之外，还形成了以骑术为基础的多种多样的马上技艺，如骑手在马上做出各式造型，或进行高难度的骑射，或百骑争先，竞相夺标等。这就要求骑手不但有驭马的技巧，还要掌握好马上的平衡和保持矫健的身手。在山东沂南的画像石墓中，甚至发现了女骑士的形象，说明汉时已有女骑手，并能在马上做出高难动作。当时的马术已归为百戏之类，成为一种具有杂技性质的表演。

唐代的赛马与马术十分兴盛，自唐太宗李世民开始，就将马术列为军事训练的科目。同时，像击鞠（马球）一类的游乐也盛行于军旅和宫廷之中。宋代的汴梁马术技艺更为成熟，表演技巧精湛高超，曾为皇帝表演立马、骗马、跳马及在马上倒立、镫里藏身等多种马上功夫，在宋人孟元老的《东京梦华录》中就记载了很多马术表演。

元代是蒙古族统治的时代，增加了游牧文化的许多特点。元代统治者在未进入中原地区以前，早就有走马、走驼的活动。即使是定鼎大都之后，每当六月吉日，还要北至上京（在热河、泺河上游，又称上都）去"诈马"，"诈马"即是赛马，成为元的国家制度，每年举行一次，参加竞赛的贵族身穿一色的"只孙"官服，各执有铃的彩杖，浩浩荡荡向上京出发，进行赛马活动，赛时规定为三天。此外，在当时的大都（北京）城内，也在民间开展赛马活动，一直持续到明代，京城都要在每年春季走马骑射，明以来六百年在北京城郊兴盛不衰。

清代的宫廷赛马场地自康乾始多选择在木兰围场一带，每年秋季举行，是"木兰秋狝"中一项重要的活动，声势浩大，蔚为壮观。著名宫廷画家郎世宁曾以木兰秋狝的赛马活动为题材，创作出很多画作。除了宫廷赛马之外，在北京城中也有许多赛马活动，按不同时间分别在不同地点举行，如正月赛马多在白云观和安定门、德胜门外，二月在太阳宫，三月在蟠桃宫，六月在先农坛，七月在黄寺，八月在广安门外，九月在钓鱼台，十月以后天气转凉，赛马便停止了。

留作他年记事珠

北京的西式现代赛马活动开展较晚于香港、上海和天津，仅在宣统三年（1911）由顺天府划给在京的西绅俱乐部一块200多亩的土地，地点在今天的西便门外莲花池一带，并成立了赛马会。名为赛马，实际上是一种博彩性质的赛会，类似于天津和香港，中西人士均可参加，预售赛马票，购者以求重彩，只是为时不久，只昙花一现罢了。

来如雷霆收震怒，罢如江海凝清光
——中国古代的击剑与舞剑

　　击剑在中国有着悠久的历史，早在远古时代，人们就用石头和兽骨磨成锋利的器具，用以狩猎野兽，披荆斩棘，成为生存与生活的必需品。后来，进入了青铜时代，开始以铜铸剑，那些石剑、骨剑被淘汰，剑的用途和性质也就发生了质的改变，成为征战、杀戮的武器。

　　剑在古代兵器中素有"百兵之君"的美称，商代的剑为铜剑，剑体较短，呈柳叶或三角形。一般是直身剑锋双刃，用于格斗，所以又称为直兵，从历代出土的古剑来看，可以分为长剑、短剑、佩剑、刺剑、劈剑、三棱剑、雌雄剑等多种。史书记载了许多自黄帝以来的名剑，如轩辕剑、禹剑、太康剑等，直到春秋战国时期的干将、镆铘一双雌雄名剑。春秋战国时期的剑，一般在五六十公分。我们知道荆轲刺秦王"图穷匕首见"的故事，说明荆轲用的是能卷在地图中的短剑。汉武帝时剑的长度超过了三尺，比我们看到的湖北江陵出土的越王勾践剑几乎长了将近一倍。

　　　　　　　　　　　　留作他年记事珠

自春秋时代直至西汉，剑都是战争中重要的冷兵器，但也用于平时的自卫防身。传说子路戎服见孔子，拔剑而舞之。同时，也相应形成了一种击剑、舞剑的理论和技巧，称为剑术。《吴越春秋》就记载了广为人知的越女论剑的故事。越女是生活在深山老林里的无名少女，从小喜欢击剑，全凭个人的悟性创造出一种独特的剑术，后来为范蠡所识，邀请她担任军中的剑术教师。越女曾在勾践面前阐述她的击剑理论，提出神形相应，动静互制，长于变化，出奇制胜等观点，得到勾践的赏识和器重。作家金庸正是根据《吴越春秋》的故事，创作了小说《越女剑》。

自汉代起，春秋战国时代的铜剑逐渐被铁剑代替，这种铁剑更为锋利，而剑的形式也渐渐定型。东汉以后，剑逐渐退出战争武器的行列，更多转向自卫防身、随身配饰。它的技巧性和防身健体功能，乃至佩戴以示身份的作用日益增强。而善于剑术的人也颇受人尊敬。《史记》就曾记载齐曲成侯"以善击刺学用剑，立名天下"。司马相如也是"少时好读书，学击剑"。

魏文帝曹丕也是一位击剑能手，从小学击剑，受到过许多名师指点，尤其后来在当时的击剑中心洛阳从师史阿，技艺大增。某次与奋威将军邓展等在宫殿上饮酒论剑，邓展不服，要和曹丕比剑，结果曹丕以娴熟的技巧和灵活的战术大胜邓展。事后他告诉邓展剑术不能墨守成规，要在实践中悟出道理，灵活运用，方能取得佳绩。曹丕也曾在他的《典论》中记述了学剑的心得和体会。三国时期的鲁肃、徐庶等人虽非出身行伍，但也是擅长击剑的能手。

击剑在隋唐时期更为普遍。当时社会有任侠的风尚，所以佩剑长街行更是一种豪气的象征。李白在《与韩荆州书》中曾经说自己"十五好剑术，遍干诸侯"。当时的文人学士中有佩剑、击剑之风，除了比试、对决之外，也盛行个人的剑术表演，称之为"剑器浑脱"，据说有民间的剑器浑脱和军中的剑器浑脱之分。开元三年（715），杜甫曾在郾城观看公孙大娘舞剑器，后来又在四川夔州看到她弟子表演，写下了《观公孙大娘弟子舞剑器行》的名作。另一位书法家张旭也曾观看过公孙大娘舞剑器，并因此受到启发，使狂草书法更加精进。公孙大娘的这种舞剑正是民间的剑器浑脱，当时女子舞剑多着军装，故而司空图有"楼下公孙昔擅场，空教女子爱军装"的诗句。而开元中将军裴旻的剑舞则是一种军中的剑器浑脱，舞来大气磅礴，与李白歌诗、张旭草书并称三绝。

其实，舞剑在汉代已经十分流行，我们从山东嘉祥秋胡山的画像砖上就能看到古人击剑对舞的场面。而鸿门宴上项庄"意在沛公"的舞剑也是一种单人击剑舞表演，后来项伯为了保护刘邦，与他开始对舞，也是当时的一种舞剑形式。

唐代的女子舞剑实际上是从汉代男子舞剑衍化而来，也有单人舞，对舞和群舞之分，既是一种舞蹈，也是一种有招有术、极具技巧性和理论性的体育活动。

唐宋时期舞剑往往配有韵律优美的音乐，与豪放的舞姿相辅相成，既有一种英武之气，又有一种妩媚之美。

　　佩剑、击剑和舞剑之风在元代受到极大的打击，元世祖中统四年（1263）下诏各路，设立兵器制造局，凡私造私藏兵器者一概处死刑。至元二十三年（1286）还规定，凡汉人手执铁尺、手挝及有刃的刀剑，都要立即收缴，禁止民间佩刀剑。于是击剑、舞剑的活动骤然消失于民间，这也是元代许多击剑和剑术的古籍散佚的原因。

　　明清以来，剑术多并入武术项目，如大家所熟悉的太极剑等，都属于武术类的兵器门，成为健身的体育活动，剑也成了一种运动器具，而自春秋战国至唐宋时期的击剑与舞剑却渐渐消失。据说日本、朝鲜刀剑术中的许多"势"都是唐宋时期从中国传入的，可能与剑术有着不可分割的师承关系罢！

鼙鼓动时雷隐隐，兽头凌处雪微微
——中国的龙舟竞渡

如果说有哪一项体育活动两千多年来一直兴盛不衰，而且内容和形式在漫漫的历史长河中又没有发生太大变化，那就要数中国的龙舟竞渡了。

龙舟竞渡又称赛龙舟、龙舟赛会或竞渡，在我国有着悠久的历史。关于龙舟竞渡的起源，历来有着不同的说法：一说是源于春秋时代越王勾践操练水师打败吴国的故事。如《越地传》一书，就说竞渡之事起于越王勾践。勾践在吴越交战时曾兵败被俘，在吴国囚禁三年，含垢忍辱，后骗得吴王信任，被放回越国，于是卧薪尝胆，立志报仇。定于五月初五创立水师，日夜操练，于数年后打败吴国。后人为了昭彰勾践坚韧不拔的精神，纪念他励精图治的毅力，于五月端午仿效他演练水师的情况，划船竞渡。二说是纪念曹娥，也就是根据《曹娥碑》所写的上虞曹盱"汉安二年（143）五月，时迎伍君（伍子胥神灵），逆涛而上，为水所淹，不得其尸"，其女自投江死，经五日抱父尸出的故事。后世为纪念曹娥，也在五月初五划船竞渡。三说最为普遍，是为了纪念楚国大夫屈原。南朝梁人所著的《续齐谐记》中说"楚大夫屈原遭谗不用，是日投汨罗江死，楚人哀之，乃以舟楫拯救。端阳竞渡，乃遗俗也""屈原以五月五日投汨罗而死，楚人哀之，每至此日，以竹筒贮米投水祭之"。而同一时期的宗懔《荆楚岁时记》也说"俗为屈原投汨罗日，伤其死所，故并命舟楫以拯。舸舟取其轻利，谓之'飞凫'……州将及土人，悉临水而观之"。这就是端午粽子和竞渡的来历。

从以上这几种传说中，我们可得出这样一个结论，那就是不同的说法来源于不同的地点，我以为纪念勾践之说应来源于长江下游的江浙一带，而纪念屈原说则来自长江中游的荆楚一带。但不管怎么说，早在两千多年前，划龙舟竞渡的体育活动已经在长江流域开展起来。如果从再早溯源，或许有舟楫的时代即有竞渡活动，这是古代先民在生产生活中很自然的发起与创造。

隋唐时期龙舟竞渡的活动开展得十分广泛，除水网致密的长江流域之外，就是关中地区有河湖的地方，每年也都有竞渡活动，连皇帝也乐此不疲。唐穆宗就曾"大合乐于鱼藻宫，观竞渡"。唐敬宗为此竟下诏命盐铁转运使王播造大型竞渡船二十只供进，"时计其功，当半年转运之费"，可见皇家举办的龙舟竞渡活动开销之大。民间竞渡活动也受到官方鼓励，且不惜费用。淮南节度使杜亚为了使船轻快易驶，命将船底涂漆，又将绮罗衣服也涂以油，让驾船的舟子穿上，即使入水也能不湿。五代南唐时允许郡县村社举办竞渡，每岁端午官给彩缎，优胜者还会加以银碗，叫作"打标"。

唐宋时竞渡虽然也有在春秋季举行的，但仍多集中于农历五月端午。事先择一开阔水面作为赛场，起点以红旗为标志，终点树立一根长竿，上段缠挂锦缎，色彩鲜艳夺目，称作锦标或者彩标，以先到达夺取彩标者为优胜。唐人范慥有《竞渡赋》，张建封有《竞渡歌》等，都为当时的竞渡活动留下了热烈而鲜明的写照。尤其是刘禹锡《竞渡曲》，记叙了沅江上的一次龙舟竞渡活动：在州刺史的主持之下，各队龙舟决一胜负，胜者欢欣，败者沮丧。尤其是在结尾，几个少女在大赛后的水中嬉戏，与岸边的彩旗相映生辉，为那种激烈竞争的场面更平添了无限的生趣。

当时的竞渡船一般是以独木制造，也是为了坚固而减少行进时的阻力，"务为轻驶，前建龙头，后竖龙尾，船之两旁刻为龙鳞而彩绘之，谓之龙舟"。参赛龙舟在赛前先在起点待命，一旦指挥官发令，擂鼓三下，起点红旗迅速向两边移开，竞渡开始，龙舟犹如蛟龙出水，"迅楫齐驰，棹歌乱响，喧振水陆，观者如云"。此时，舟舸在人们的欢呼声中似利箭一般乘风破浪，是如何一幅令人激动的场面。凡先到终点夺得锦标者，会受到观者的拥戴，甚至要为头船上的运动健儿披红挂花。

竞渡活动使用的舟舸大多做成龙的形象，大概因龙是中国人民崇拜的图腾，而且传说龙最能翻江倒海，无往不胜。其实，将船头刻成龙形，对船的行进是有一定阻力的。而现代赛艇和皮划艇比龙舟当然是要轻快得多，所以说，龙舟竞渡在今天更重要的意义是保存了我们民族的一项优秀文化传统，已不单是一种体育竞技项目了。

中国的龙舟竞渡也传入了韩国、日本和东南亚等许多地区，例如韩国的"江陵端午祭"中，龙舟竞渡也是一项必不可少的运动。明清时期的龙舟竞渡从未停歇，从明代诗人"前七子"之一边贡的《午日观竞渡》诗中，我们仍然能看到明代时那种"云旗猎猎翻青汉，雷鼓嘈嘈殷碧流"的热闹场面。

龙舟竞渡也是一项具有浓郁的民俗文化色彩的体育活动，有利于培养勇往直前、坚毅果敢的无畏精神，至今仍然受到群众的喜爱。1984年，国家体委正式将龙舟竞渡列为体育比赛项目，而近年来的竞渡比赛规则也更臻于完善，规模也越来越大，并向国际性赛事发展。

辕门射戟，百步穿杨
——中国古代的射箭运动

　　射箭是我国有着悠久历史的一项体育运动，早在仰韶文化时期，就已经有了石镞，说明早在四五千年以前，弓箭确已在我国出现。那时的人们在劳动中创造了弓箭，他们将树枝弄弯做成弓，又将直的树枝收集起来做成箭杆，再把石头磨尖做成箭镞，成为渔猎生活中不可缺少的工具。

　　据说在金石兼用的夏禹时代，已经出现了紫铜镞，"禹穴之时，以铜为兵"，于是弓箭又从生产生活工具变成了武器。殷商时代，铜镞基本上代替了石镞，青铜的箭镞又远胜于紫铜的箭镞，十分锋利，在战争中获得了极为广泛的应用。从《考工记》中我们也可以看出弓箭在商周时代的迅速发展。周时更将"射"作为"六艺"教育之一，《礼记·内则》说"年十五学射御"，而且还要学习"五射"，即"白矢""参连""剡注""襄尺""井仪"。它们各有各的意义。白矢是要射透箭靶；参连是先发第一箭，以后三箭再连续射出，俗称连珠箭；剡注是箭不可从高而落，而是水平直射，不能形成弧度；襄尺是指射时臂直如箭，肘平而稳；井仪是指四箭射靶要像"井"字那样有秩。射是周礼的一个组成部分，"桑弧蓬矢六，射天地四方"，凡男子必须完成射的教育，不能射是失礼和缺少才能的表现。

"挽弓当挽强，用箭当用长。射人先射马，擒贼先擒王。"弓箭在战争中的重要性是尽人皆知的，尤其在火药发明以前的冷兵器时代，弓箭在战争中发挥了极大的作用，因此骑射也就成了军事训练的基本科目。在我国许多文学和传说中，弓箭的技能也被一再渲染，如远古的羿射九日，春秋时代养由基的百步穿杨，汉代飞将军李广的中石没镞，三国时吕布的辕门射戟；唐朝薛仁贵的领兵西域胜突厥，"将军三箭定天山，战士长歌入汉关"。北宋的杨业，南宋的岳飞、韩世忠，明代的戚继光和熊廷弼，无不是能引弯弓射大雕的名将。即使是教育家孔子，也能"射于矍相之圃，观者如堵墙焉"。唐代大诗人李白、杜甫也都能骑胡马、挟长弓去原野游猎。

射箭运动在古代不仅限于男子，女子也能参与，并出现了许多杰出的女射手，在乐府诗中就有这样形象的描写："李波小妹字雍容，褰裙逐马如卷蓬，左射右射必叠双。妇女尚如此，男子那可逢。"这位女射手不但精于射箭，而且擅长骑马，骑射都能娴熟，才能达到这样的造诣。

唐代宫廷中的女子也能骑射，既是一项体育运动，也是一项平时的娱乐。杜甫的《哀江头》就有"辇前才人带弓箭，白马嚼啮黄金勒。翻身向天仰射云，一箭正坠双飞翼"。王建的

《宫词》有"射生宫女宿红妆，把得新弓各自张"，卢纶《宫中乐》也有"行遣才人斗射飞"等，都是描述巾帼不让须眉的宫女才人的射术。

关于讲述射箭方法、要领和研究的著作在我国也有多种，例如著名的《射经》《马射谱》《射记》《射法指诀》《射诀》等，可惜多已不存。

唐宋时期，射箭运动也在民间广泛开展，庙会、社火等集会时多有射箭比赛和表演，这种比赛或表演多分为步射和骑射，既有固定的箭靶，也有流动的箭靶，甚至在马上以各种不同的动作完成射箭并准确中靶，赢得围观者的欢呼喝彩。金代承辽俗，射箭成为一项重要的比赛项目，多在每年端午节举行，以能用手接住驰出的箭为优胜。

随着火器时代的到来，箭镞一类的武器逐渐在战争中失去了它的作用，作为一种强身健体和培养意志的基本训练，却一直在历朝的宫廷、军旅乃至民间经久流传。

清朝中叶以前，帝王每年秋季都要在木兰围场射猎，名为木兰秋狝。实际上也是皇帝检阅军队、联络各方关系并兼娱乐的一种形式。清中叶以后，火器已经较为发达，弓箭作为冷兵器的意义已经不大。但在秋狝之中仍然作为骑射竞赛或表演的重要项目，这是清朝皇帝为了让子孙臣僚不忘祖先"马上得天下"的艰辛，以巩固自己万年基业的做法，弯弓射箭已经成了习武的象征。只是道咸以后由于升平日久，旗人能善骑射者已

　　　留作他年记事珠

经鲜见。

现代射箭运动在1673年发源于英国的约克郡，1908年被列为奥运会的比赛项目。而在我国，有着古老传统的射箭运动已融入丰富多彩的体育生活之中，同时也在世界人民面前展示着其特殊的魅力和光彩。

中国古代的"高尔夫"

——捶丸

　　"捶丸"相传发源于战国。据说楚庄王出兵至宋都，得到居住在市南的勇士熊宜僚，人称一人能当五百兵士，他的一个本事是剑指其喉而能"弄丸"不辍。"捶九丸于手，一军停战而观之。"但这里所谓"弄丸"或捶丸，不过是一种手中持丸交替抛掷的游戏。明朝人方以智说其时尚有"弄七丸，二常在手，五常在空，或置鼓其下者，殊为绝技"，类似今之杂技表演。近人郭希汾在《中国体育史》中也曾认为"弄丸之说始见于庄子，后世捶丸之戏非其制也"，都说明远古时代的丸戏与下面所说的捶丸不是一回事。

　　真正属于体育性质的捶丸乃是一种非对抗性的运动，兴于宋代，是"步打"（步行击球）的转化，运动量较小，技巧性却很强。捶丸的运动场地颇为讲究，最好是在有凸、有凹、有峻、有仰、有阻、有妨、有迎、有平、有里、有外的场地进行。（捶丸场地中如用龟背的称凸，左右高中间低的称凹，不平的坡称峻，坡的上面称仰，前面有障碍的称阻，后面有障碍的称

留作他年记事珠

防，平坦无障的称平，能反射球的称迎，左高的称里，右高的称外。）场地也必须根据土地的干湿软硬程度因地制宜。球场上划线为基，立彩色旗子，场内设有一定数量的球窝，将球打入球窝为得筹，而且每次要打入新的球窝，而不能再打入曾经进过球的"熟窝"。

按照捶丸的要求，对用于击球之地的基也是一丝不苟。基纵横均不足一尺，必须捡好地，并且需要正对着球窝方向而建，周边的瓦砾和草木也要除去。基的形制则根据球棒的需要，如果球棒是弯的，就应当用比较凹的碟形，而球棒是直的就要用凸形。有"作基不左立"之说，也即如果南向击球，基便不能立在西边而只能在东边。击球时不允许把球放在基外，否则就判输，也不能预先在基内试棒。还有足不踏基、手不拭基、不易基、不毁基等一应规矩，虽不能尽详，但想来场地设施的要求和标准之高，比起今天的高尔夫球，恐怕也毫不逊色。

捶丸所用的球是用赘木制成（即树身结成瘤或瘿的木结），这种赘木制成的球必须轻重适中，否则太重的出球迟，过轻的出球又太飘，就会无法按既定目标运行。球杆也有所不同。球杆也称球棒，一端作鹰嘴状，可分为撺棒、杓棒和扑棒三种。选择的材料用秋冬树木及牛筋牛胶，取其坚固，不同的球棒可以听凭个人的选择，大概效果也是因人而异了。

宋代以来的捶丸器械极其考究，所谓"盛以锦囊，击以彩棒，碾玉缀顶，饰金缘边"。捶丸所用的杆和球都有专用的

"革囊"，由仆人携带，以备随时取出使用。捶丸的比赛规则也很严格，同时要求击打姿势优美。一个主人上场，有时还要带十余"伴当"服务，这些都表明捶丸是一项贵族化的运动，与今天的高尔夫十分相似。明代的周履靖曾说："予壮游都邑间，好事者多尚捶丸。"捶丸运动得到宋徽宗、金章宗等皇帝的钟爱，是上层社会一项重要的体育活动，宋明以来城市商品经济的繁荣也带动了捶丸的发展。金元时期的宁志老人著有《丸经》，对宋代和金元时期的捶丸活动形式和比赛规则作了详尽的记录，成为中国古代一部难得的体育著作。

　　捶丸虽是一项"扇场建旗，合众同乐"的运动，但主旨在活跃身心，怡情悦性，所以讲究的是"体无低昂，意无急躁，手持欲固，意运欲和"，"不以勇胜，不以力争"，并不提倡激烈争夺，却对参加者个人的自身修养要求很高。《丸经》提出捶丸之式，应当先习家风，后学体面和规则，失利不嗔，得势不逞，不能因胜负而将喜怒形于色或利口伤于人。打球更应当讲究仪表，容止安详，动作娴雅，依守规矩，达到"不劳神于极以畅四肢，不太任力至于疲乏，但要得四体血脉和畅而已"的目的。提倡"作有时，乐有节"，不能因玩乐废事丧志，并认为打球时"恭必泰，浮必乱"，也即恭敬者必安详而轻浮者必争乱，所以必须保持良好的心态，同时也要挑选友朋。因为君子和小人打球是不一样的，"君子之争艺高而服众，小人之争奇诈而谋利"，所以会朋打球必须选君子而远小人。这里体

　留作他年记事珠

现的原则和精神，与今天的高尔夫球不谋而合。捶丸兴起于东西交通颇为畅达的宋元时代，两者之间会不会真的有些传承关系呢？

中国古代的马球运动

中国的马球运动究竟起源于何时，历来有不同的说法。著名史学家向达先生的《唐代长安与西域文明》一书中有《长安打毬小考》，罗香林先生在《唐代文化史研究》中有《唐代波罗毬戏考》，大都认为马球又称波罗毬，源于波斯，东传中亚，再传至中国、印度，又从中国传至日本、朝鲜。但也有人否定此说，认为出现在公元3世纪的"击鞠"就是最早的中国马球。"击鞠"曾见于曹植的《名都篇》，"走马长楸间，长驱上南山"，经过打猎、饮宴后，这些"京洛少年"又去"连翩击鞠壤"，直到"白日西南驰"才尽兴而归。这篇长诗还描述了"连翩击鞠"的技术"巧捷惟万端"。这种"击鞠"与唐代的"波罗毬"是否一致或相近不得而知，但足以说明在马上击鞠早在公元3世纪的中国就已经出现。

马球在古代也称之为"打毬""击毬"或"击鞠"，这种打击的称谓是区别于"蹴鞠"运动的。"打毬"一词最早出现于南朝梁宗懔所著的《荆楚岁时记》，也足以证明击打用皮毛制

留作他年记事珠

作的球（毬）的时代远早于唐代。遗憾的是，从文献和实物中我们很难找到唐以前马球运动的更多证据。

唐代是马球运动最为兴盛的时代，从大量的文献资料、诗歌、绘画、陶俑、石刻中我们能看到马球运动在唐代受到的青睐。从《封氏闻见记》记载唐太宗烧毁马球，警示自己不可沉湎于这种娱乐看，马球从唐初即在长安流行，后来的皇帝中宗李显、玄宗李隆基、穆宗李恒、敬宗李湛、宣宗李忱都是马球的爱好者。唐诗中有许多对马球运动极为生动的描述，如"俯身迎未落，回辔逐傍流"（沈佺期）、"球惊杖奋合且离，红牛缨绂黄金羁。侧身转臂著马腹，霹雳应手神珠驰"（韩愈），可见马球技艺的精湛。

马球不像足球那样在唐代已经使用充气的球体，而是以质量很轻而有韧性的木料做成，外面绘有彩色的花纹，正所谓"宝杖雕文七宝球"。也有外面漆成红色的式样，个头只有拳头大小，这种形制一直延续到宋、金和明代。

中国古代的马球，除了供上层贵族娱乐外，主要作为一项军体项目。许多资料证明，马球是一项古代军旅之中重要的训练科目，因为古代骑兵的战斗力远胜于步兵，马球运动既能增强军队官兵的体质，又能锻炼马上作战的技能，所以古人常把毬、猎或"弧矢""击鞠"联系在一起。唐宋军旅的马球运动还是军士休闲的主要娱乐，当时的藩镇地方军都有马球比赛，经常举办"打球会"，有"朋流悦兴，无过击拂"的形容。据说唐宪宗皇帝问宰相赵宗儒，为什么在任职荆州时，让毬场长满了草，回答说是虽然草生，但不妨毬子往来，叫皇帝也开怀大笑。陆游在他的《冬夜闻雁有感》诗中有"洮州骏马金络头，梁州球场日打球"的描写。而《日下旧闻考》的记载表明，直到明代末叶，马球仍然存在，所说"一马前驰，掷大皮缝软毬子于地"的情景，也证明那时的球已经改为革制，而不再是软木的了。

古代打马球的棍叫作"毬杖"，又称之为"鞠杖"，杖长数尺，其端为偃月。这种样式有些像我们今天的高尔夫球杆，只是长度增加了。因其弯头部分像偃月，所以古代诗歌里又用"月杖"来形容它。材质则是用包了白牛皮的木棍，宋金之后也有用藤棍的。宋代已经有了专门制作马球和球杆的专业作坊。

关于马球比赛的规则，我们今天已经无法从文献中获得详细的资料，但从一些零星的记述中可以看出，马球也如"蹴鞠"一样有单、双门之分，同时也分为两队进行。每队各有队长一人，负责率领一队作战。这种比赛没有时间的限制，仅以将球击入球门的网囊为得胜，也叫作"得筹"。比赛双方的服装颜色各异，一是区别敌友，二是使观赏者在远处也能分辨两队之别。此外，马球比赛一开始，场上即擂鼓以壮声势，或以乐队伴奏，形成了一种十分热闹的场面。

中国的马球运动即使从唐代算起，也有一千多年的历史。

而欧洲的马球运动则是从波斯西渐的，英文称为"polo"，正是后来向达先生所谓"波罗球"。这项运动在西方的开展，大约是在中世纪以后，比中国稍晚。不过这里还有一个问题，就是在许多古籍中，常把"击鞠"与"蹴鞠"混为一谈，使现代人常常发生误会。实际上，"击鞠"与"蹴鞠"是两种完全不同的运动，因此在宋代以前的一些史料中，非常明确地称马球为"打毬""击毬"，而不称"击鞠"，《资治通鉴》说唐僖宗"好蹴鞠、斗鸡……尤善击毬"，就是一个很好的例证。

中国古代的曲棍球和棒球

古代为了与"蹴鞠"（足球）和"击鞠"（马球）两项开展最为广泛的运动相区别，凡是徒步用棍打球的运动大多称之为"步打球"或"步击"。这种步击打球的形式类似今天的曲棍球和棒球，虽然古代没有这样的称谓，而且运动方式和比赛规则也没有十分明确的史料记载，但如果就从运动器械出发，将它看作中国最早的曲棍球或棒球，恐怕也是没有问题的。

步打球所用的运动器械大致可以分为两大类，一是类似"击鞠"也即马球的球杆，形成一定弧度，与近代西南少数民族地区和内蒙古自治区一些地方或者中亚西亚鞑靼人、乌兹别克人的曲棍球大同小异，也很像今天的曲棍球球杆。二是宋代"击球"使用的球棒，与现代棒球的球棒非常相像，只是形制较小。

步打球最为兴盛的时代大致在唐宋时期，这种运动比起"蹴鞠"和"击鞠"来说，无论规模、场面还是运动量都要小得多，带有一些游戏的性质。因此多适合在宫廷、宅第中进行，

留作他年记事珠

甚至妇女、儿童都可以参与，虽是娱乐，也有一定的技巧性和竞争性。唐代擅写宫词的诗人王建曾有一首描写宫女们"步打球"的诗，最为形象而生动："殿前铺设两边楼，寒食宫人步打球。一半走来争跪拜，上棚先谢得头筹。"这里所说的"一半"，即指得胜的一队。宫人的步打球运动只是教坊司中的一种表演赛而已。在《宋史·礼志》中，除介绍了马球竞赛之外，又接着记述步击是"时令供奉者朋戏以为乐"，这些都证明了步击球是带有表演性的娱乐。

使用曲棍击球的资料除了少量见于文献外，更多见于古代的器物和丝织品上。唐代铜镜上"步打球"的形象就有很多，保存在日本正仓院的唐代花毡上也非常清晰地织出唐代儿童手持曲棍打球的形象。唐代还有一种称之为"打球乐"的活动，后来有些人将它与步打球混淆起来，其实"打球乐"应该是一种乐舞，《唐音癸签》中记载了"打球乐"活动中打球人衣着之华丽，以及如何持球杖而舞，边舞边打球的情况。这种"打球乐"在表演时伴有舞曲，实际上是一种杂技的舞蹈，与"步打球"是不一样的。

步打球在宋代开展更为广泛，形式更是多种多样，类似今天棒球的步打球也随之出现。这种棒球的球棒直径三四厘米，长度在八九十厘米，所用的球体积不大，有软木制的略带弹性，也有骨角制的而缺少弹力。在《过庭录》中记载了一个小故事：范仲淹的外甥滕甫小时候爱玩击球，范仲淹以为他不务正业，令小吏用铁锤把他的球击碎，滕甫当然不悦。又恰巧小吏砸球用力过猛，球弹起而正中小吏的额头，于是滕甫幸灾乐祸地拍手称快。说明这种球体也是有一定弹力的，其大小和性质类似今天的棒球。

唐宋时期棒球运动的形式与规则大致是相同的，比赛分两队进行，其球门称为"球城"，仅为单门，每队有一人站在"城"门线内，一手持球，一手持棒，其他队员分站在"城"线外，各持球棒击打。这和现代棒球的打法——也是先将球掷起，然后击打，三次不中，则换另一队进行颇有些相似。当时这项运动除影响到许多少数民族地区之外，在许多农村也开展得十分普遍，河北、山东一带尤为流行。在农村俗称"打蛋儿"，即是这种棒球运动的普及形式，因其设备条件要求简单，农闲时很受青少年喜爱。

宋代棒球运动留下的文字资料甚少，宋无名氏所绘的名画《蕉阴击球图》所反映的仅仅是儿童棒球，而不是真正的宋代棒球运动。河北、山东一带的民间棒球运动，倒是从一个侧面反映了宋代以来棒球运动的基本风貌。这种棒球运动可分为击球者和攻球者，当球发出后，即有队员截球，将球截住后掷回场内，再由发球人投棒击球，并以击出场外的距离长度（长度标准可以事先约定）判断胜负。一般棒球分组进行，一场比赛只有一人为失败者，其他各人如成绩相等，比赛则重新开始。截球时可用衣襟、帽子等将球兜住，凡兜住者，就算阻截成功，

留作他年记事珠

可以到场边来掷球。

　　棒球对参与者的跑、跳和投掷能力均有较高的要求，观赏性又强，所以很能引人入胜，受到一般人民的欢迎是可以想见的。

图书在版编目 (CIP) 数据

留作他年记事珠 / 赵珩著 . —— 天津 : 天津人民出版社 , 2024.5

ISBN 978-7-201-20322-5

Ⅰ . ①留… Ⅱ . ①赵… Ⅲ . ①随笔 – 作品集 – 中国 – 当代 Ⅳ . ① I267.1

中国国家版本馆 CIP 数据核字 (2024) 第 060553 号

留作他年记事珠
LIUZUO TANIAN JISHIZHU

出　　版	天津人民出版社	
出 版 人	刘锦泉	
地　　址	天津市和平区西康路 35 号康岳大厦	
邮政编码	300051	
邮购电话	（022）23332469	
电子信箱	reader@tjrmcbs.com	

责任编辑	李　荣
装帧设计	今亮後聲 HOPESOUND 2580590616@qq.com

印　　刷	北京金特印刷有限责任公司
经　　销	新华书店
开　　本	787 毫米 ×1092 毫米　1/32
印　　张	9.25
字　　数	220 千字
版次印次	2024 年 5 月第 1 版　2024 年 5 月第 1 次印刷
定　　价	65.00 元

版权所有　侵权必究
图书如出现印装质量问题，请致电联系调换（022-23332469）